徳間文庫

いつもと違う日

赤川次郎

徳間書店

目次

オアシス　5
本日は休校日　73
忘れものの季節　141
支払われた少女　209
私だけの巨匠　277
解説　吉田大助　327

オアシス

1

店を閉めて表に出ると、いつもの通り、夜中というよりは明け方に近い時間である。もっとも晩秋のこの時期には、まだ空は完全に星空で、朝の気配もない。空気は冷たく、ピンと張りつめていた。

鍵をかけると、布川栄江（ぬのかわさかえ）はいつものくせで、ネオンサインが消えているのを見上げて確かめていた。——わざわざ確かめるほどのこともないのだ。ネオンがついていれば、明るくてすぐに分るのだから。

ともかく、今はネオンサインも眠りについて、街灯の少ないこの道では、〈オアシス〉の文字も読み取れないほどだった。

布川栄江はちょっと身震いをした。もう十一月だ。これからの何時間かは「冬」の冷たさが降って来る。

その前にアパートへ帰ろう。布団にくるまって、ぐっすり眠るのだ。――本当なら、寝る前に熱いお風呂に浸ってあたたまりたい。しかし、こんな時間にお風呂に入ると、階下の人から、「うるさい」と苦情を言われるので、栄江は昼間、起き出してから入浴するようにしていた……。

栄江は足早に歩き出した。

郊外の、大きな団地を背後にしたこの駅前は、まだ未開発の状態で、空地も方々に残っていた。駅前に五階建のスーパーマーケットやレストランの入ったビルが建つという計画は、もう三年も遅れている。

駅前からバスで五分ほど行くと、団地が広がって、すばらしくカラフルな、「文化的な眺め」になる。しかし、却って駅の周辺のこの付近は、将来のための空地ばかりが目立って、あたかも過疎の町という風景だった。

栄江は、コートのえりを立てて歩いていた。アパートまでは歩いて十分。決して遠いという距離ではないが、ちょっと駆けて行く、というわけにもいかない。

いかにも、取り壊すのに楽なように、と作られたプレハブのアパートの間を抜けて、川沿いの道に出る。

街灯もなくて、寂しい道なのだが、ここを通ると、二、三分は早くアパートに着けるのだ。寂しい道といっても、こんな時間なら表も裏も似たようなものだし、それに、ほんの百メートルほど。

行く行くは上をふさいで道路か公園にすることになっている川の流れが、音ばかり栄江の耳について来る。

子供が落ちたら危い、という苦情も出ているらしいが、今のところ、市の財政に余裕はないようで、柵や手すりの類(たぐい)は一つもない。

〈危険!〉という立て札が、「目下の精一杯の対策」ということらしい。

もちろん——栄江は全く別の意味で、ここが危険であることなど、考えたこともなかったのだ……。

その川沿いの道を、半ば過ぎた時だった。

タタタッ、と駆けて来る足音を、栄江は後ろに聞いた。

しかし、その足音に足を止めた時も、栄江は危険など全く感じていなかったのだ。

ただ単純に、「誰かしら?」と思っただけだった。

一人ではなかった。三人か——それとも四人か。

しかし、そんなことはもう、栄江にとって、どうでもいいことになってしまった。

何かこん棒のような物で頭を殴られ、栄江は声を上げた。痛みに目がくらんだ。続いて、ほとんど同時に肩や腰を強打された栄江は堪え切れずに、その場に膝をついてしまった。——何だろう？　一体何が起こったのか？

泥棒かしら、と思ったのが、おそらく栄江の頭をよぎった、最後の考えだったろう。後頭部に一撃が来て、栄江の意識は薄れて行った。地面に突っ伏すようにうずくまった栄江を、さらに二度、三度打ちすえて、その何人かは、やっと手を止めた。

栄江は、自分の体が転がされるのを、ぼんやりと感じていた。それが現実なのか、それとも混乱した意識から来る錯覚なのか、栄江にはよく分らなかった。

そして——それが錯覚でも何でもないことを栄江が悟ったのは、自分の体が突然空中へ投げ出された瞬間だった。一瞬の後には、栄江は川の流れに呑まれていた。

溺れる前に、いくらか弱くなっていた栄江の心臓は、ショックと水の冷たさのせいで、働きを止めていた。

いくらかでも楽だった、と言えるのかどうか、それは布川栄江当人に、語ることができない以上、考えても意味のないことだ。

——すべてが終って、いくつかの人影は、無言のままで立ち去って行き、なおしばらく、辺りは夜の闇に包まれていた……。

2

今日もまた、ちゃんと一つ手前の駅で目が覚める。

全く、俺もすっかり「飼い慣らされた」もんだな、と実野山和夫（みのやまかずお）は欠伸（あくび）をしながら、苦笑した。

実際、不思議なものだ。特別に電車が揺れるわけでも、鉄橋を渡るわけでも（大きな音がするから）ないのに、ぐったりと疲れ切っている時でも、それほどでない時でも、ちゃんと同じ辺りで目が覚めるのだから。

電車の座席で居眠りしている自分の他に、もう一人の自分がいて、

「おい、もう起きろよ。次で降りるんだぜ」

と言って、起こしてくれる。

そうでもなきゃ、これは「超能力」とでも呼ぶ他はない。――もっとも、他に大勢、同じ能力を持った人がいるとなっては、「超能力」とは呼びにくいけれども……。

二つ、三つと欠伸している内に、電車は、目的の駅に着いた。――団地があるので、

やはりこの駅で降りる客は少なくない。

電車は、数えるほどの乗客を乗せて、発車して行った。

階段を下りようとして、実野山和夫は、駅の時計を見た。それから腕時計を――。

おっと、そうか。忘れて来たんだ、あそこに。

忘れっぽくなったもんだ、と階段を下りながら思う。腕時計を忘れて来て、また、忘れたことを、今日一日の内に五、六回も忘れて腕を見てしまう。

まあ――いい加減古い時計だし、そろそろ買い替えても、と思っているが、壊れてもいないものを取り替えるというのは、なかなか難しいのだ。特に、女房は、

「まだ動いてるじゃないの」

の一言で片付けてしまう……。

まあ、そりゃ確かだけどね。動いてりゃいい、ってもんでもあるまい。

やれやれ、寒いね。――改札口を出て、実野山は首をすぼめた。

夜十時を過ぎると、もうバスはない。降りた乗客たちは、半分くらいがタクシー待ちの列を作り、あとの半分は赤電話に列を作る。

家に電話して、奥さんに車で迎えに来てもらうのだ。実際、実野山の知っている限りでも、自宅とこの駅の間以外、車を走らせたことがない、という奥さんが三人はい

る。

しかし実野山は、といえば、どっちの列にも並ばない。克子は車の運転ができない（大体、車もない）し、それに……。そう、忘れた腕時計を取りに行かなきゃな。

駅前の、たった一軒しかない喫茶店の前を通って、実野山の足取りは意外に軽い。

そうなのだ。別にわざと腕時計を忘れて来たわけじゃないが、受け取りに行くのを口実に、あそこへ行けると思うと、嬉しくなって来るのである。

まあ、口実をつけなきゃ、何てことのないスナックにも寄れない、というのは情ない話だが……。しかし、今のところはあまり通いつめない方がいいという事情もある。

馬鹿げているとは思うが……。しかし、波風は立たないに越したことはない。

しかし、今日は、ちゃんと腕時計を取りに行くという立派な（?）理由があるのだ。

もう少し――。あの角を曲ると、〈オアシス〉というきれいなブルーのネオンサインが見えて、実野山はそれを見ただけでホッとした気分になるのである。

そこだけはまるで別世界のようにはなやいで、暖かい空気に包まれている。

――実野山は、当惑した。

ネオンサインが見えない。消えているのだ。

どうしたんだ？　休みかな？

いや……。きっとネオンの故障だろう。そうだ、きっとそうだ。

実野山は足を早めた。――スナックの前に来て、ドアを押したが、開かなかった。

休みか……。しかし、それならなぜ〈本日は休業します〉の札がかかっていないんだろう？

大体、彼女は休むなんて言っていなかったじゃないか、ゆうべは。

こんな時間になって、まだ開いていない、なんてことは初めてだ。病気でもしたのかな？

ドアを軽く叩いてみたが、もちろん返事はなかった。理由は何にせよ、今夜、ここが開いていないことは確かなようだ。

仕方ない。――こんなこともあるさ、と自分へ言い聞かせて……。それでも未練がましく立ち去りかねていると――。

「実野山さん」

と、呼びかけられた。

五十がらみの、髪の白くなった男が、厚手のコートを着て、立っている。

「小栗（おぐり）さん。――どうも」

小栗は実野山より一〇歳ほど年上のはずだが、画家で、気さくなタイプだった。

「今夜はお休みか。珍しいですね」

と、実野山は言った。「いや、ゆうべ、ここへ腕時計を忘れて来たらしくて」

「実野山さん」

と、小栗はひどく深刻な顔で言った。「ご存知ないんですか」

「何を？」

「まあ当然ですな」

と、小栗はため息をついた。「あなたは会社に行っておられたんですから」

いやな予感がした。

「――どうかしたんですか、あの人が」

と、実野山は訊いた。

「亡くなったんです」

と、小栗が言って、反射的に、

「まさか」

という言葉が実野山の口から出ていた。

「本当ですよ。――ショックだったが……」

小栗はためらっていた。

「じゃあ……死んだんですね」

実野山は分り切ったことを訊いていた。「交通事故か何かで――いや、心臓が少し悪いとか言ってましたね、確か」

「殺されたんです」

――大型のトラックが、すぐそばを走り抜けて行った。足下が揺ぐように感じた。そう。ここの道は、交通量は少ないのだが、よくトラックが通る。その度に、スナックの棚のボトルが、カタカタと音をたてたものだ。

「何と言ったんです？　――殺された？」

実野山の声はかすれていた。

「そうです。死体は川から上りました」

「川というと……。その裏手の？」

「警察で調べていますがね、かなりひどく殴られた形跡がある、と……。おそらく、殴られて意識を失い、川へ投げ込まれたんでしょう」

「ひどい話じゃありませんか！」

実野山は声を震わせた。「一体誰がそんなことを？　え、誰なんです？　ぶっ殺してやる！」

「まだ分りませんよ」

小栗は、なだめるように実野山の肩に手をかけた。「――私もね、信じられなくて、またこうして来てみたんです。さっきも、何人かの方に会いましたよ」

実野山は、地面が揺れているような気がして、足を踏んばっていなくては、とても立っていられなかった。

「じゃあ……」

実野山は、消えたままのネオンサインを見上げて、「もう、この店は開かないんですね」

と、当り前のことを訊いた。

「残念だ。――実にね」

と、小栗は首を振って、「我々にとって、本当の〈オアシス〉だったのにね……。オアシスは、かれてしまった」

実野山は、まだ夢でもみているような気分で、その店のドアが今にも開くんじゃないか、と期待しながら、見つめているのだった……。

「あら――」

もうすぐ七時になる。

克子は、ガスレンジの火を止めて、寝室の方へ、

「あなた！　もう起きないと遅れるわよ」

と、大きな声で言った。

返事はなかったが、それはいつものことだ。実野山は、割合にすぐ目を覚ます方だから、さっき鳴った目覚ましで起きてはいるはずだ。だが、布団の中でぐずぐずしているだけなのだ。

「さあ……。お弁当を詰めましょ」

と、克子は呟いた。

夫がお弁当を持って行くようになって、少々朝の仕度は手間がかかるようになった。しかし、体にはこの方がいいし、何と言ってもお金もかからない。

今は、外でお昼を、といってもすぐに千円札が飛ぶ。夫の小づかいでは、とてもやり切れまい。

それでも、実野山和夫が四十一歳、克子が三十八歳という、そう珍しくない取り合せの家庭としては、経済的にそう苦しいわけではない。子供は一人――今一〇歳になる康子だけだし、この棟は少し古いので、ローンの支払いもあまりきつくなかった。

「これでよし、と」

変りばえのしないおかずだが、お弁当なんてそんなものだ。

康子は近くの小学校なので、七時半に起こせば充分。もっと遅くても間に合うが、寝起きが悪いので、早目に起こしているのである。

克子は、自分もお茶をいれて、一口飲んだ。——こういう時間の、ポカッと空いた一、二分というのは、何だかずいぶん得をした気分になる。

今日も寒そうだわ、と、よく晴れた表に目をやって、実野山克子は思った。康子に風邪を引かせないようにしなきゃ。

風邪を引くと長くなるから、あの子は……。

そういえば、あの事件、犯人は捕まったのかしら？

ゆうべ、夫がずいぶん気落ちした様子だったので、克子としては少々面白くなかったのは事実である。しかし、何といっても恐ろしい事件だし、やっぱり殺された人は気の毒という他はない。

でも一体誰が？　——物盗りの犯行ではないらしい、ということだが……。誰かに恨まれてでもいたのだろうか？

この辺りは、新しい住人が多いせいもあってか、何となくお互い、用心し合っている。凶悪な犯罪が起こったという話も、少なくとも克子は聞いたことがなかった。

この殺人事件が、団地に与えたショックは決して小さくないのである。

まあ……こんなことを言っては、亡くなった人に気の毒だが、正直に言って、克子がホッとしたのも、確かである。夫がずいぶんあのスナック――〈オアシス〉といったっけ――に通っていたからだ。

会社の近くで飲んで来るより安上りではあったが、それもほとんど毎晩となっては、度が過ぎている。このところは、夫も気にして、週に二、三回にしていたようだが……。

何も、夫に羽根をのばすな、と言っているわけじゃない。あまり一軒の店にばかり通い詰めているようだと、妻として気になるのは当然のことだろう。

もちろん、夫にもそういう息抜きが必要ということは、分る。他に大して趣味もないんだし……。

「お母さん」

克子は、びっくりして、パジャマ姿の康子を見ると、

「あら、どうしたの？　頭でも痛い？」

「そうじゃないけど……」

「まだ早いわよ。もう少し寝たら？」

「お父さん、起きてないよ」

「え？」

克子は立ち上った。「——いやねえ、もうとっくに——」

寝室を覗いた克子は、夫がベッドに入ったままなのを見て、

「あなた！　——お父さん！　起きないと、遅刻よ！」

と、大声で言いながら、カーテンを開けた。

「ほら、もう起きないと——」

揺さぶってやろうと手を伸して……克子はやっと気付いた。

夫の様子が普通でないことに、だ。

ひどく苦しげな息づかいをしている。口を半ば開いて、目は閉じたままだ。

「どうしたの？　——ね、目を開けて」

「お母さん」

と、康子がこわごわ中を覗いて、「どうしたの？」

「分らないわ。……お医者様を——」

「ね、あれ、何？」

「あれって？」

「そこに落ちてる」

ベッドの反対側に回った克子は、空のびんを拾った。――薬のびん。

これは――睡眠薬だ！

克子の顔から血の気がひいた。――何てことだろう！

凍りついたように立ちつくしている克子に、

「お母さん」

と、康子が言った。「救急車、呼んだら？」

ええ、そうね……。そうだわ、救急車、救急車。

でも、どうやって呼ぶんだっけ？　救急車は――もちろん、電話だ。電話……。

どこなの？　電話はどこに行ったのよ！

克子は混乱していた。

「一一九番だよ」

と、康子が言ってくれなかったら、克子はいつまでも電話をかけられなかったかもしれない……。

3

その少女は、〈オアシス〉のネオンサインを見上げて、立ち止った。

もちろん、ネオンは点いていない。昼間でもあったし。

よく晴れた日で、風もなかったが、気温は低かった。少女はハーフコートのポケットに両手を突っ込んで、まぶしげに目を細め、ネオンを見上げていたが……。

やがて、ポケットから鍵を取り出し、スナックのドアの方へと歩いて行った。

合うかどうか確かめるように、鍵をゆっくりと慎重に差し込む。カチリ、と音がして、鍵があいた。

ドアを開けると、少女は中の暗がりに、少し入るのをためらっている様子だったが、すぐに目も慣れたのだろう、足を踏み入れた。

小さな店だ。カウンターと、テーブルが二つ。きれいに片付いていて、椅子もきちんと寄せてあった。

少女は、ゆっくりと店の中を歩いて、カウンターの奥へ入り、そこから店の中を見回した。――殺された布川栄江が、毎晩していたように。

グラスも、洗ってある。もちろん今は完全に乾いて、少し挨になっているが。

小さな引出しには、鍵がかかっていた。お金が入れてあるのかもしれない。それとも伝票の類か。

少女は、もの珍しげな目で、棚に並んだお酒のボトルを眺めた。もちろん、そんなに高いものはない。そこそこのウイスキーが大部分で……。

少女は、一本のボトルの首に、腕時計が引っかけてあるのに目を止めた。札がつけてあって、手に取ってみると、走り書きの文字で〈実野山〉と読めた。

「実野山さん」

と呼ばれても、克子はすぐには自分が呼ばれているのだとは気付かなかった。

「実野山さん。――お客様ですよ」

くり返し言われて、克子はやっと我に返った。

「はい。あの――すみません」

聞こえたことは分っていた。客が来たのだ。大方、団地の誰かが見舞に来たのだ。

「お客様が。廊下でお待ちよ」

と、そのベテランの看護婦は言った。

「はい。どうも」

克子は、たった今、自分が何をしていたのか、何を考えていたのか、忘れていた。ポカッと時間が真白になったようで、こんなことが、夫が入院してから、しばしばあった。

「ちょっと行って来るわね」

と、夫に声をかける。「すぐ戻るから」

夫は、聞こえているのかいないのか、じっと天井を見上げたまま、瞬きもしない。

克子は立ち上った。――二人部屋の病室は、今、一方のベッドが空いているので、個室と同じだ。同室だったのは、五〇歳になったばかりの、管理職で、いかにもエネルギッシュな人だったのだが、「ちょっと肝臓を悪くして」入院していた。

一日に五人も六人も、業者らしい人が見舞に訪れ、自分でも電話をかけまくって、どこが病人か、という様子だったのだが――。一昨日、突然、心臓の発作を起こして、あっさりと亡くなってしまった。

駆けつけた家族も、悲しいよりは呆然（ぼうぜん）としているようで、もちろん付合いのあるわけではない克子は、言葉をかけなかった。

たぶん――またすぐに、次の患者が入って来るのだろう。

廊下へ出た克子は、戸惑った。立っているのは、一六、七かと思える少女で、見回しても、他に克子の知人らしい人の姿は見当らなかったのである。

「――失礼ですけど」

と、その少女が、声をかけて来た。「実野山さんですか」

「ええ……。あなたは？」

全く思い当らない顔だった。なかなかしっかりした感じで、ちょっときつい顔立ち。

「広沢恭子といいます」

名前にも、聞き憶えがない。

「広沢さん……。何のご用かしら」

「あの――これは、ご主人のじゃないでしょうか」

広沢恭子という少女が、「ご主人」などという言葉を使ったので、克子は面食らってしまった。

少女が差し出したのは、腕時計で、克子はそれを見て、初めて、夫の腕時計が見当らなかったことに気付いた。

「ええ……。そうらしいわ」

と、手に取って、「――そう。裏にイニシャルが。〈K・M〉って。主人のだわ」

「そうですか。電話帳で捜して、お宅へ伺ったら、入院されてるとお隣の人が教えてくれたんです」

「まあ、ありがとう。わざわざ……。これ、どこにあったのかしら?」

「〈オアシス〉というスナックの棚です。忘れ物じゃないでしょうか」

克子は、〈オアシス〉の名を聞いて、ハッとした。――そうか。夫が忘れて来た。ありそうなことだ。

「こんな時にすみません」

と、広沢恭子は言った。「もし――ご主人があのスナックへ行かれていたのなら、お話をうかがえないかと思って」

「主人の話を?」

「そうです。あのスナックのことを、聞きたいんです」

少女の目は真剣そのものだった。

「あなたは……あのスナックと、どういう係りがあるの?」

と、克子は訊いた。

少女は、ちょっと目を伏せ、沈んだ表情になると、言った。

「あのスナックをやっていたのは、母なんです」

「――すっかり冬ね」

と、克子は言った。

病院の一階、奥まった場所にある食堂は、お昼時を過ぎているせいもあって、閑散としていた。

表が見える席についた克子と広沢恭子は、コーヒーだけを頼んで、少し沈黙した。外は風が強くなって、誰もが追われるように急いで行く。

「――お母さんは、確か広沢という姓じゃなかったと思うけど」

「布川栄江。布川は母の旧姓です」

「じゃ……」

「離婚して戻ったんです。私は今、父と、それから二人目の母と、弟と四人暮しです」

「そう……。お母さん、気の毒だったわね」

「まだ犯人は見付かりません。もう半月もたつのに、手がかり一つないみたいで」

と、恭子は悔しげな様子を隠そうとしなかった。

「ひどい話だわ」

と、克子は肯(うなず)いて、「強盗とか、たぶんそんな……」

「そうじゃないと思います」

と、恭子ははっきりと言った。

「違う、って、どうして?」

「お店に泥棒が入る、というのなら分ります。でも、母を狙ってどうなるでしょう? 盗むだけなら、あんなに何度も殴らなくてもいいと思います」

「そんなに何度も……?」

「警察へ行って、話を聞きました。七回か八回、それもばらばらの方向から殴られていた、ということです」

「というと?」

「一人じゃなかったということです。たぶん、三、四人じゃなかったか、と担当している刑事さんは言ってました」

克子にとっても、初耳だった。夫が自殺未遂をしてからの何日間かは、あの事件のことさえ忘れていたのである。

もちろん新聞を見るどころではない。睡眠薬を大量に服(の)んだ夫は、何日か、生死の境にあったのだ。

克子は、夫が命を取り止めると分ると、家に戻って、死んだようになって眠った……。

一体、夫がなぜそんなことをしたのか、未だに克子には分らない。夫はまだ意識がはっきりしていなくて、今日もそうだったように、目は開いていても、克子の声は聞こえていない様子なのだ。

「母のアパートにも行ってみました」

と、恭子は言った。「でも、特別な物は何も……。アパートの人に訊いても、生活の時間が、他の人たちと違っていたので、ほとんどお付合いがなかったみたいなんです」

「そうでしょうね」

「そうなると、母のことを知ってた人、っていっても……。お客さんの中で、誰か母のことをよく知っていた、というか――母が誰かに恨まれてたとか、そんなことご存知の方はいないかな、と思って……。でも、誰がお客さんだったかなんてこと、調べようもないので」

と、恭子は続けた。「アパートに、お店の鍵の予備があったので、それで入ってみたんです。そしたら、お酒のびんにあの時計が引っかけてあって、〈実野山〉っていう名前が。あんまりない名前だし、電話帳で住所を捜して行ったんです」

「あなた、いくつ？」

と、克子は訊いた。

「一七歳です」

「しっかりしてるわね。――高校生？」

「ええ。今日は試験の後の休みなんです」

試験。――試験ね。克子にとっては、ずっと昔、二十年以上も昔の話である。

広沢恭子は、しかし一七歳にしては、大人びた落ちつきと、強い意志を感じさせた。

「入院されてるっていうのに、すみません」

と、恭子は言った。「ほんの短い時間でいいんですけど、お話をうかがえませんか」

克子は、少し笑顔を作った。何だかこの二週間、笑ったことなどないので、笑顔の作り方を忘れてしまったようだ。

「わざわざ来てもらって、悪いけど――。主人は、人とお話しできる状態じゃないの」

恭子は、ちょっと眉を曇らせた。

「そんなにお悪いんですか」

「まあ……。命にかかわる、ってことはないんだけどね。ただ、その——何て言うか、意識があんまりはっきりしていないの。人の話が分ったり、分らなかったりで、一時的なものなのよ。お医者さんも、そうおっしゃってるわ。ただ、いつ元に戻るかは、はっきり分らないの。明日かもしれないし、ずっと先かも……。あ、もちろん、そんなにね、先のことじゃないとは思うんだけど」

しゃべっている克子の方が、少し混乱して来て、言葉を切った。——そう。何もこの女の子に、こんなに一生懸命説明しなくても良かったのだ。

「——分りました」

と、広沢恭子は肯いた。「すみません、お忙しい時に、時間を取らせてしまって」

「いえ、いいのよ。あなたもね……大変ね」

克子は、自分でもなぜかよく分らない内に、うろたえていた。

恭子は、財布を出して、

「いいのよ、これぐらい」

と、止めようとする克子に、

「いえ、とんでもないです」

と、小銭でちゃんとコーヒー代を置いて、立ち上った。「どうも失礼しました」

ッとした。

「いいえ……」

広沢恭子が、脱いだハーフコートを手に、食堂を出て行く。——克子は、なぜかホッとした。

「ちょっと、君」

と、呼ばれて、広沢恭子は足を止めた。

振り向くと、五十がらみの、どことなく芸術家風の印象を与える男——。

「何でしょうか」

「今、君と実野山さんの話を聞いててね、近くの席で。——私は小栗というんだ」

「どうも」

と、恭子は言って、「——絵描きさんですか」

小栗は、楽しげにニヤリと笑って、

「いい目をしているね。ちょっと話したいんだが、構わんかね」

「ええ」

「ともかく、病院を出よう。ここにいると、何となく疲れるんだ」

と、小栗は恭子を促して、玄関へと歩き出した。

「――入院してらっしゃるわけじゃないんでしょ」

と、恭子が言った。

「私かね？　幸い、今のところ、頭以外は悪いところがないようでね」

小栗は少しおどけた調子で言うと、「実野山さんは、私の恋敵だったんだよ」

と、付け加えた。

4

広沢恭子と別れて病室へ戻った克子は、ドアを開けてドキッとした。

夫のベッドのそばに女性が二人、入口に背を向けて、立っていたからである。

「あの――」

と、声をかけると、二人の女性が振り返った。

「あら、奥さん、ごめんなさい」

と、年長の、太った女性が言った。「いらっしゃらないので、勝手に入って来ちゃって――」

「いえね、私たち、自治会の方から、ぜひお見舞に行ってくれ、って……」

と、もう一人、対照的にやせた女性。

もちろん、克子も知っている。

「ちょっと――お客様だったもので」

と言いながら、克子は顔が引きつるのを、抑えられなかった。「恐れ入りますけど、勝手にお入りにならないで下さい。あの――お医者様にも言われています」

「あら、それはごめんなさい」

と、太った方の女性――佐川京子が言った。

「でも、〈面会謝絶〉とかでも出ていればねえ、加瀬さん」

「ええ、私たちも入らなかったんですけど」

と、加瀬文代は肯いて、「勝手に入った、なんておっしゃられるとは思わなかったわ」

克子は、何とか気持を鎮めた。ここで、この人たちと喧嘩しても始まらない。

いや、佐川京子は自治会の副会長、加瀬文代は幹部役員の一人だ。――団地の中では、あらゆることで、この二人と係り合いを持つことは避けられないのである。

自治会長は男性だが、これは名目だけの存在で――何しろ昼間は団地にいないのだから――事実上、自治会を動かしているのは、佐川京子なのである。

この人に嫌われたら、何かと厄介だということを、克子は知っていた。

「あの……そんな意味じゃないんです。すみません、つい……。疲れているものですから、失礼しました」

と、克子は詫びた。

「いいえ、分るわ」

と、佐川京子は微笑んで、「私も主人の看病をした時はね、本当にくたびれたものよ。——ともかく、ご主人が早く回復されるように、って、みなさんでお話ししてるのよ」

「ありがとうございます」

と、克子は頭を下げた。「おかげさまで、大分……」

「でも、今お声をかけたけど、全然聞こえてらっしゃらないみたい」

と、加瀬文代が言った。

やせた割に目がギョロッと大きく、人の不幸は何でも見逃さない、という感じの女性である。佐川京子とは特に親しく——というより、子分のように、いつもくっついて歩いている。

「時によるんです」

と、克子は言った。「ちゃんと分っている時もありますけど……」

「そう。――普通のご病気とは違うものね、薬ののみ過ぎじゃ」

と、加瀬文代は、大げさに首を振って見せて、「ちゃんと元の通りになられるとよろしいわね」

「ええ」

固い表情で、克子は言った。「時間さえかければ、ちゃんと――」

「それは結構ね」

と、佐川京子が遮るように言った。「それじゃ――あんまりお邪魔しても悪いわ」

「そうですね」

「それじゃお大事に」

と、佐川京子は会釈をした。

――二人が出て行くと、克子は、膝が震えて、立っていられなかった。

ベッドのわきの椅子に、腰をおろす。泣き出したいのを、必死にこらえた。

突然、ドアがパッと開いた。克子がハッとして振り向くと、加瀬文代が、また入って来る。

「ごめんなさい。うっかりしてて。――これ、自治会からのお見舞なの。規定通りですからね。お返しとか、気をつかわないでね」

と、〈お見舞〉と書かれた封筒を、押し付けるように克子へ渡し、「じゃ、ごめん下さい」

と、出て行く。

廊下から、あの二人の笑い声が聞こえて来そうな気がした。——渡された封筒を、膝にのせて、克子はぼんやりと座っている。

夫の目は、ただのガラス球のように、じっと天井へ向けられているばかりだ。

あの二人が帰って、ご近所や、親しい奥さんたちにどんな話をするか、考えるまでもないことだ。

——呼びかけても、何も答えないのよ。返事もしないし、あれじゃ、良くなるわけないわね。

——奥さんは、時々良くなるようなこと言ってたけど、嘘ね。あれはずーっと、きっと一生あのままよ。植物状態ね、要するに。

——奥さんの看病だって……。

——そうよ。何しろ、ご主人が、スナックの女に熱を上げてるのに、何も気付かなかった人なんだから。

――ご主人の方だって、スナックの女が死んだら、絶望して自殺未遂なんて……。

――ねえ！　情ない男じゃないの。

――会社だって、その内クビよ。団地から出て行くことになるでしょ。

――その方がせいせいするわ。

――そう。大体、あの奥さんは人付合いが悪くて、感じの悪い女だったわ……。

やめて、やめて！

克子は、耳を両手で力一杯押えた。しかし、頭の中の声は、どうやっても締め出すことができない。

「あなた……」

と、克子は呼びかけた。「あなた。――返事をして」

実野山の目には、何の輝きも見られなかった。

信じたくない。――夫の容態とは別に、克子は、夫があんなことで自殺しかけたのだとは、思いたくなかった。

行きつけのスナックの女性が死んだからといって、自殺する男がいるだろうか？

他に、何かわけがあったはずだ。――克子は自分へそう言い聞かせた。

あの殺された女――布川栄江と夫の間に、何かあったとは、克子には考えられなかった。夫はそんなタイプではない。

こう言ったら、笑われそうだが……。

あんたが知らなかっただけよ、と。――そうかもしれない。

しかし……今は、そんなことを知って何になるだろう？

何とか、何年かかってもいい。夫が元の通りに戻ってくれさえしたら……。

「あなた――」

克子はもう一度呼びかけて、そして声を押し殺して泣いた。――夫の瞼が細かく震えるのを、克子は見ることができなかった……。


「――さ、かけて」

と、小栗は言った。「いいだろう、ここは？」

「座りやすいです」

と、木のベンチに腰をかけて、恭子は言った。

「な？　私はよくここに来て、表を眺めているんだ。――外が暑くても寒くても、関係ないし」

ここは団地の中の〈図書館〉のロビーなのである。

目の前は、大きなガラスになっていて、明るい戸外、団地の風景をパノラマのように見渡せた。

「それに」

と、小栗は付け加えて、「ここなら、いくら座っていてもタダだ」

恭子は、ちょっと笑った。

「――やあ、やっと笑ったな」

「え?」

「君のような女の子には、笑顔が一番よく似合うんだ。笑ったところを見たくてね。いや、実にいい。肖像画を描きたいくらいだ」

恭子は、表の方へ目をやって、

「――母のこと考えると、まだ笑いたくないんです」

「そうだろう」

と、小栗は肯いた。「話した通り、君のお母さんは、すてきな人だった。失礼だが、特別美人というわけではない。美人といえば、君の方がよほど美しい」

恭子が目をパチクリさせた。

「いや、お世辞じゃないぞ」

と、小栗は首を振って、「しかし、君のお母さんには、世の疲れた男たちをひきつける優しさがあった。母親のような」

恭子は、ちょっと肯いて、

「優しい人でした」

と、言った。

「離婚したというのは、どうして？」

恭子は、ちょっと眉を寄せて、

「母のせいじゃないんです。——母の弟が……。私の叔父ですけど、母とはずいぶん年齢が離れてたんです」

「可愛がって、甘やかして、というわけか」

「仕事もしないで、いつも母からこづかいをせびっていて」

「よくある手合だ」

と、小栗は肯いた。「それで君のお父さんに迷惑をかけたんだね」

「それどころじゃ……。うちに泥棒に入ったんです」

「何だって？」

「母から、ちょうど現金がある、と聞いていたらしくて。父に見付かって、何も盗らずに逃げたんですけど、その途中、車にはねられて——」

「何て奴だ」

「重体だったんです。父はカンカンになって、放っとけと言ったんですけど、母はやっぱり弟を看る、と言って——」

「それなら離婚、というわけか」

「すぐ叔父が死んでれば、まだ……。二年も寝た切りで、母がずっとそばについてたんです。お金も使い切って」

「なるほど……」

「私、その時、一二歳でした。叔父が死んで、母は行く所もなくなって……。プッツと、手紙もくれなくなったんです」

「お父さんの方は?」

「次の年に今の母と再婚しました。男の子が——今、三つです」

「お母さんの戻る場所はなかったわけか。しかし、自分のせいでもないのに、君やお父さんと別れねばならなかったというのは、気の毒な話だ」

と、小栗はじっと外へ目を向けて、「あの人の優しさも、そんなところから来たんだろうね。人には、どう力を尽くしても、どうにもならんことがある。そう身をもって知っていたから、男たちを責めなかった……」

小栗は、ちょっと笑って、

「いや、こんな話はまだ君にゃむずかしいな。ともかく、この団地には、お母さんに惚れていた男が、大勢いたはずだ。――あの店は、名の通り、〈オアシス〉だった。あそこへ行けば、本当に、心からホッとして、いやなことを忘れていられた……」

「――実野山さんも？」

「実野山さんか。――あの人は確かに、中でも重症の方だったな」

「あの……実野山さんって、自殺しようとした、って聞いたんですけど」

「近所で？　――まあ、隠しても仕方ない。その通りだ」

「母が殺された次の日に。私、それを聞いて、もしかして……」

恭子は、言いかけてためらった。

「――なるほど」

と、小栗は目を見開いた。「君はなかなか鋭いね。つまり、実野山さんが、彼女とその――特別な仲で、こじれたかどうかして、殺した、と」

「それで怖くなって、自殺しようとしたのかな、と思ったんです」

「うん、確かに、そうも見えるだろう」

小栗は、言葉を選ぶように、ゆっくりと間を置いて、「しかし――あの人は、そういう人間じゃない。いや、かばっているわけじゃないんだ。あの人のことはよく知ってる。気の優しい、自分を殺すことに慣れた人なんだ」

「母とは特に仲が良かったわけじゃないんですか」

「君のお母さんは、誰とも親しかったし、誰とも同じだけ距離を置いていた。実野山さんは、よくあの店に通ったがね、外でお母さんと会ったことは一度もないよ。そんなことがあれば、はた目にもすぐ分る。そういう人なんだ」

「――分りました」

と、恭子は言った。「犯人の手がかりになるようなこと、小栗さんは知りませんか?」

「うん、そうだなあ」

小栗は、考え込んだ。「考えがないことはない」

恭子は、目を見開いた。

「本当に?」

「まあ待ってくれ。私は画家で、勤めに出ているわけでもない。のんびりと、ここで人を眺めていると、色々、他の人のことも分って来る。――といっても、何か特別のことを知っているわけじゃないよ。だが、人間は、『今』を大切にするものなんだ、ってことさ」

「よく分らないけど……」

と、恭子が眉を寄せる。

「うん。君のためだ。——一緒に少し考えてみるかね」

小栗は、恭子の肩を軽く叩いて、「どうだ？　少し団地の中を散歩してみないかね」

と、言った。

5

「ええ、そうなのよ」

と佐川京子は肯いて、「Cブロックは、困ったものね。もっと頑張っていただかないと」

「どうも……申し訳ありません」

と、Cブロックを担当している役員の主婦は、すっかりしょげている。

「ねえ、お忙しいのは分るわ。お子さんを塾へ連れて行ってらっしゃるし。でも。お忙しいのは、みなさん同じなのよ」

「はあ」

「ともかく、一生懸命やって下さってる方から、苦情も来てるし……。ぜひこの次にはね」

「ええ、この次は、必ず目標の金額を」

「よろしくお願いしますよ」

と、佐川京子は尊大な調子で言った。「じゃ、今日の会合はこの辺で――」

集まった役員たちの間に、ホッとした空気が流れる。

ガタガタと椅子の音がして、集会所の会議室はたちまち空っぽになって行った。

残ったのは、佐川京子と加瀬文代の二人で……。

「――もっと言ってやればいいのに」

と、加瀬文代が言った。「あの家は、ちょっと子供が頭いいと思って、大きな顔してるのよ。見てて、ムカムカして来る！」

「お宅のお子さんと同じ年齢よね」

と、佐川京子が皮肉っぽく言うと、加瀬文代はあわてて、

「それはそうと――刑事が聞き込みに回ってるって、噂、聞いた？」

「チラッとね。でも、この広い団地を全部回るにゃ、大分手間がかかるでしようね」

二人が書類を抱えて、会議室を出る。

「――今日は駅の方へ出る?」

と、加瀬文代が訊く。

「さあ。くたびれてるの、ここんとこ」

佐川京子は、欠伸しかけて、足を止め、「どなたですか?」

と、入口の辺りに立っている男に声をかけた。

「ええと……失礼」

背広姿のその男は、「ここで、その――自治会というんですか、会合があると聞いて来たんです」

「どこの方?　業者の人でしたら、ちゃんと事務局の方を通していただかないと」

「いや私は――こういう者で」

男は、警察手帳を見せた。

「まあ……。刑事さんですの。失礼しました」

二人は、ちょっと顔を見合せた。

「佐川さんとおっしゃるのは……」

「私です」

「ちょうど良かった。お話をうかがいたいんですがね。スナックの持主が殺された事件で……」

佐川京子は、ちょっと咳払いして、

「どうぞ。もう会合は終りましたから」

と、刑事を会議室へ案内した。

「どうも。――いや、こういうお仕事も大変ですな」

と、刑事は、テーブルの上の茶わんを眺めて、言った。

「加瀬さん、お茶をおいれして」

「あ、はいはい」

と、文代が飛び出して行く。

――刑事は、出されたお茶をゆっくりと飲んで、

「実は、布川栄江――殺された女性ですがね。どうも捜査は難航しておりまして」

と、苦笑した。「色々当ってみましたが、どうも個人的に親しくしていた男などはいなかったようなんです」

「そうですか。私は会ったこともありませんけど」

「いや、そうでしょう。――ともかく、物盗りでなく、恨み、という線で進めていたわけですが、何も出ない。そこで、方向を変えましてね、あのスナックによく通っていた客を、当ってみようと思ったんです」

「よく分りますわ」

「まあ、客のほとんど全部、この団地の人と考えていいだろう、ということになって。しかし、誰と誰が客だったか、ということになると……。呼びかけたところで、名乗り出てくれるとは限りません。何といっても、あまり楽しい出来事じゃないわけですし」

「そうですわね」

と、佐川京子は言った。「で、どうしてここへ？」

「いや、団地の方で、誰かこう――その手のことに詳しい人、というので、色々当りましてね。あなたの名が上ったんです」

「まあ」

「つまり――付合いが広くて、かつ、色々と相談ごとを持ち込まれる立場におられる」

「そうですね……。時には、そんなことも」

「つまり、多くの家の事情に通じておられると思うんです。そこで――」

と、刑事は少し身をのり出して、「教えていただきたいんですがね。ご存知の家で、夫がそのスナックへ通い詰めて困っている、といったグチを、主婦のどなたかから、お聞きになったことはありませんか？」

「そうおっしゃられても……」

「いや、もちろん、これは参考意見です。あなたの言葉で、すぐ犯人だと決めてかかったりはしませんよ」

「ええ、それはもちろん……。分っておりますわ。でも――ねえ、加瀬さん」

「ええ……」

「刑事さん」

と、佐川京子は言った。「そりゃ確かに……私は、色んな家の事情に通じている方かもしれませんわ。でも、みなさん、私なら相談しても大丈夫、と思って話されるわけですから……。それを私がペラペラしゃべったと分ったら――」

「いや、そのお気持はよく分ります」

と、刑事は肯いて、「あなたからうかがったということは、絶対に秘密にします。それは誓ってもよろしいですよ」

「信じておりますわ。でも……」

「それに、たとえあなたから、『誰それが絶対怪しい』とうかがったとしても、我々としては、ちゃんとアリバイを調べ、裏を取り、自宅に凶器になったような物はないか、とか充分に捜索します。――ですから、あなたのお話はその緒になるだけ。別に言いつけた、とか、そんなことじゃないんです。警察にご協力下さるのは、大変立派なことですから」

「ええ、それはもう、よく分っておりますわ……」

佐川京子の顔が、紅潮して来ていた。

「佐川さん、ねえ、あの人のこと――」

と、加瀬文代が口を開くと、佐川京子はジロッとにらんで、黙らせてしまった。

「――どなたのことです？」

刑事は興味を持った様子だった。

「いえ、まあ……。たぶん何の関係もないことなんです。色々、噂は飛んでいますけど、噂って、いい加減なものですわ、そうでしょう？」

「しかし、火のない所に何とやら、でしてね。結構噂というのも、当ることがあります」

「それはまあ、そうですけど」

「誰です、それは?」

佐川京子は、ちょっと咳払いをして、

「実は——あの前から、評判だったんです。そこのご主人はいくら何でも、まともじゃない、って。いくら気に入った店でもねえ。程度ってものがありますでしょ?」

「なるほど」

「でも、あの人は特別でしたわ。もちろん、表立って、その女の人とお付合いがあったとは聞いていません。でもねえ……。何でもない人が、あんなことまでするかしら」

「あんなこと?」

「ええ」

佐川京子は、充分に効果を計算するように間を空けて、「実野山さん、とおっしゃるんですけどね、事件のあった次の日に、自殺を図ったんですよ」

と、言った……。


康子は、じっと父親の顔を見ていた。

一〇歳の康子には、理解できなかった。お父さんが、こうしてちゃんと目を開いているのに、自分のことが分らない、っていうお医者さんの話が。

だって——ここに寝てるのは、いつものお父さんだ。いつもの通りの顔をして、ちゃんと目が覚めてるのに——。確かに、ちょっとひげがのびていたり、髪の毛がくしゃくしゃになっているけど、それはこうして入院してるんだから、しょうがない。

でも、それ以外はいつも通りのお父さんなのに……。

お母さんの話だと、「体が目を覚ましてるけど、頭の方がまだ眠ってるのよ」っていう……。何だか、康子にはよく分らないのである。

ともかく、お父さんが入院しちゃった、というのは大変なことだった。康子にとってもだ。

もちろん、一番大変なのはお母さんで、こうして毎日、朝から夕方まで、お父さんのそばについてる。今日は日曜日なので、康子も来ていたのだけれど。

でも、康子は康子で、やはりあれこれ辛いことはあるのだった。

学校でも、色んなことを言われた。——康子ちゃんのお父さん、薬のんで死のうとしたんだって？

絶対に内緒よ、って、お母さんは康子に言っていたのだが、友だちはみんな知っていた。康子は、何と答えていいものやら分らなくて、あんまり友だちと話さなくなった……。

お父さんのことも心配だけど、康子にはお母さんの体の方も心配だった。すっかりやせちゃって、急に年齢とっちゃったみたいで……。お母さんまで入院しちゃったら、どうなるんだろう?

私がどこかで働くのかなあ。――康子は、自分が可愛いエプロンなんかつけて、働いてるところを想像して、悪くないな、なんて思ったりした。

働くのなら、ケーキ屋さんがいいな。お客さんのいない時に、つまみ食いしたりして。分りゃしないよね、一つぐらい。

そんなこと考えてたら、甘いもんがほしくなった。――お母さんが戻って来たら、何か買いに行こう……。

突然、向い側のベッドに寝てるおじいさんが、

「オーッ!」

と、声を上げたので、康子は仰天して飛び上りそうになった。

「おじいちゃん! どうしたの!」

付き添ってるおばさんが、大きな声で呼びかけて、「――何でもないからね、ほら、ちゃんと寝てないと――」

と、なだめている。

康子は、胸をなでおろした。

この病室へ移って来たばかりのおじいさんだ。お母さんの話だと、少しぼけて来てる、ってことだったけど。ああやって、時々、突然大声を出すので、康子も、驚かされるのはこれで三度目だ。

――お母さん、戻って来ないかな。

お客さん、って誰だろう？　もう十分――もっとだ。二十分かな？　いや三十分もたってるかもしれない。

一人でいると、段々心細くなって来る。ねえ、お父さんが相手をしてくれるんだったらいいのに……。

お父さん。――お父さん。

ベッドの方へ視線を戻した康子は、父親と目が合って、ドキッとした。

「主人が……。主人があの人を殺したとおっしゃるんですか」

克子は、体が震え出しそうになって、立っていられなくなってしまった。「すみません……。ちょっと——」

「大丈夫ですか?」

刑事の方も、びっくりして、あわてて克子を、手近な長椅子にかけさせた。

「すみません……。ずっと寝不足なものですから」

と、克子は言って、息をついた。「でも、主人がそんな——」

「いやいや」

と、刑事は言った。「何もご主人がやったと言ってるわけじゃないんです。ただ……ちょうど次の日にですね——」

「だからって……。だからって、主人が人を殺したと決めつけるなんて! ひどいじゃありませんか……」

克子が泣き出してしまったので、刑事の方も困惑した様子で、

「いや、その——ま、落ちついて下さい。ともかく、あの晩のアリバイがあればすむことなんですから」

「——アリバイ?」

「ええ。つまり、事件が起こった時の、ですね。どこにいた、とか、何をしてたとか

……」

　克子は涙を拭うと、

「――事件があったのは何時ごろですか」

と、訊いた。

「夜中――というか、午前四時頃だったと思われます」

「そんな時間に、サラリーマンが何をしてるんです？　家で寝てる以外、ないじゃありませんか」

「なるほど」

　刑事は肯いて、「あの夜も、ご主人はあの店へ行かれたんですね」

「ええ……。たぶん」

　克子は、腕時計のことを思い出していた。

「ご主人とはまだお話しできないんですか？」

　克子は、弱々しく微笑んだ。

「話ができれば、こんなに疲れていませんわ……」

　刑事も、それ以上は何も訊かなかった。

6

エレベーターを降りて、康子はランドセルをカタカタ言わせながら、歩いて来た。

急いで帰って、中へ飛び込み、

「ただいま！　おやつは？」

と、大声で呼んでも――。

誰もいないのだ。お母さんは、まだ帰って来ていない。

誰もいない家に帰るのって、面白くないや、と康子は思った。ずっとそうだったのなら、別にどうとも思わないのかもしれないけど、ずっと、いつもお母さんがいて、お父さんも、ちゃんと康子の起きてる間に帰って来てくれて……。

それなのに今は、夕ご飯の時間まで、一人ぼっちなのである。

玄関のドアの前に来て、康子は首にかけてあった鍵を手に取った。お母さんが、

「失くさないでね」

って言って、紐につけて、康子の首に、かけてくれたのだ。

康子は、カチリと鍵を回して、ドアを開けようとしたが……。

あれ？　――閉ってる？

康子は首をかしげた。ちゃんと回したのにな。

もう一度、カチリとやって、ドアを引く。――開いた。

ということは……。いくら康子が子供でも、これぐらいの「推理」はできる。

つまり、ドアの鍵は、前からあいていたんだ、ってこと。

そんなこと、あるかしら？

ともかく、中へ入って、康子は靴を脱いで上ると――ギョッとして、立ちすくんでしまった。

誰かが、目の前に立っていたからだ。

でも、相手も、康子に劣らず、びっくりしたらしい。

「――まあ、早かったのね」

と、そのおばさんは、胸に手を当てて、「びっくりした！」

康子も、見たことのあるおばさんだった。名前は知らないけど。

「何してるの？」

と、康子は訊いた。

「あ、あのね――ちょっとご用を頼まれて。お母さんから」

と、そのやせて目のギョロッとしたおばさんは言った。「取って来てほしい、っていうからね、あの――」

「何を?」

「ううん、いいのよ、もう。ごめんなさい、びっくりしたわね」

ちっとも、よくない。――お母さんがこの人に頼んだ?

でも、鍵まで預けて、何か頼むほど、お母さんとこの人は仲良しじゃない。それに、「取って来て」って言われたっていうけど、何も持ってないじゃないの。

「本当、偉いわね、お一人で、お利口さんね。――じゃ、さよなら」

何だか早口に言って、そのおばさんは、あわてて出て行ってしまった。

おかしいな……。康子は、直感的に、今のおばさんが嘘をついてる、と感じていた。

何をしに来たんだろう?

ランドセルをおろすと、康子は、おばさんの立っていた辺りに行ってみた。

納戸があって、その扉が、少し開いている。――康子は戸を開けてみた。

中には色んな物が詰め込んである。扇風機とか、古くなった時計とか、もう使わない蛍光灯スタンドとか……。

でも、別に変ったものはないようだ。

しかし、康子は諦め切れなかった。何かある。

康子は、あのおばさんが何か「よくないこと」をしたに違いない、と分っていたのだ。

あの様子は、子供が嘘をついた時みたいだった……。

積み上げた箱を動かして、中を覗いてみると――コロンと転がった物がある。

バット？　――野球のバットだ。

康子は、見たことがなかった。お父さんはあんまりスポーツが得意じゃなくて、野球なんてTV中継でも見ないぐらいだったんだから。

手をのばして、康子は、そのバットを手に取ってみた。――重い。ずいぶん古い感じで、汚れていた。

でも……どうしてこんな物がここにあるんだろう？

康子は、ふっと物音に気付いた。そして同時に思い出した。玄関の鍵を、かけていなかった！

振り向いた康子は、目の前に誰かが立っているのを見て、思わず声を上げそうになった……。

加瀬文代は、おっかなびっくりという様子で、〈オアシス〉の中へと足を踏み入れた。

「ええ……」

と、佐川京子は言って、中を見回した。「加瀬さん、お入りなさいよ」

「へえ、ここがね」

「——こんなちっぽけな所だったのね」

と、佐川京子は首を振って、「さ、どこかに座っていましょ」

「でも……。何だかいやだわ」

「何言ってるの、昼間よ。幽霊が出るわけもないし」

「また……」

と、加瀬文代は顔をしかめて、こわごわ椅子の一つに腰をおろした。「——どうしてこんな所に呼び出したのかしら」

「いいじゃないの。私も一度覗いてみたかったのよ」

と、佐川京子は足を組むと、「タバコ、どう?」

「ええ、じゃ一本……」

「——こんな所に来て、高いお酒を飲んで。何が面白いのかしらね、男って」

「さあ」

「私も、昔は何度かこんな店に行ったこともあるけど、お金のむだづかいだと思ったわね、いつも」

「――ここ、なくなるんでしょうね」

「もちろん、そうでしょ。すぐに壊れちゃうわよ、こんなオンボロ小屋」

と、佐川京子は言って、「――なくなっちゃうと、もうそこに何があったのか、誰も憶えていないのよね」

「ええ、そうね」

「妙なものね。――人間って、どんなことでも、忘れて行くんだわ。楽しいことも辛いこともね」

佐川京子は、ほとんど独り言のように、言っていた……。

開いたドアの所に誰かが立って、その影が店の床にのびた。

「――どなた?」

と、佐川京子は声をかけた。

ここには、あの刑事から呼ばれてやって来ていたのだが、今、入口に立っているのは、どう見ても刑事ではなかった。

「佐川さんと加瀬さんですね」

と、その少女は言って、店の中へ入って来た。

「あなたは?」

「私、広沢恭子といいます」

と、少女は言った。「このスナックをやっていた布川栄江の娘です」

「まあ」

二人は、顔を見合せた。

「――そう。お気の毒だったわね」

と、佐川京子は、素気なく言った。「でも、あなたがどうしてここに?」

「母を殺した犯人を捜していたんです」

「あらあら。それは警察のお仕事よ」

「分ってます。でも――」

と、恭子は、ブレザーのポケットから、何か取り出すと、「これを見て下さい」

大きく引き伸した写真だった。

加瀬文代が青くなった。――そこに写っているのは、間違いなく加瀬文代で、納戸の戸を開けて、バットを中へしまい込もうとしているところだった。

「これは……」

佐川京子が、ちょっと眉を上げて、「どうしてこんなものが？」

「カメラをセットして待っていたんです」

と、恭子が言った。「きっと、凶器をあの実野山さんの家に隠しに来る、って、分っていたから」

「待ってよ。何の話？」

「バットは警察で分析しています。母を殴ったものだと分るでしょう。——知らなかったんですか。実野山さんは野球なんて全然できなくて、バットもグローブも、待っていなかったんですよ」

佐川京子は、じっと少女を見つめて、

「何が言いたいの？」

「母を殺したのは、あなた方だってことです」

「馬鹿げてるわ」

「他にも誰かいたんですね。でも、あなた方お二人は間違いなく、母を殴って、川へ突き落としたんです」

「そんなことしないわ！」

と、加瀬文代がヒステリックな声を上げた。

「落ちついて」

と、佐川京子は加瀬文代をなだめた。「――ね、あなた、こんな写真がどうだっていうの？」

「証拠ですよ」

「どこの部屋かも分らないじゃない。団地はどこも似たような造りよ」

「でも、ここは実野山さんの部屋です」

「たとえそうでも、この写真だけじゃ、バットだって、どのバットだか――」

「ちゃんと、見ていた人がいます」

と、恭子が言った。

「見ていた人？」

「康子ちゃんが、この加瀬さんとばったり会ってるんです」

佐川京子が、顔を真赤にして、加瀬文代を見た。文代の方は真青になっている。

「黙ってたのね」

「ごめんなさい……。だって――子供だし、見たって分んないと思って」

加瀬文代の声は、震えていた。

「——加瀬さんが、凶器のバットを、わざわざ実野山さんの部屋へ隠しに来た。理由は誰にでも分ります」

「あなた——」

「自治会の副会長で、部屋の鍵も手に入れられたし。ちゃんと、認めたらどうですか、母を殺した、と」

恭子は、真直ぐに、佐川京子を見つめて、言った。

佐川京子が、立ち上った。椅子が後ろにガタンと倒れる。

「子供のくせに、何よ！　こんなもの——」

と、写真を引き裂き、細かくちぎって、投げ捨てる。

「——奥さん」

と、声がした。

入口の所に、いつの間にか刑事が立っている。その後ろに、小栗の姿があった。

「刑事さん、これは——」

「初めからね、あなた方に狙いをつけていたんです」

と、刑事は言った。「三、四人で殴ったとしても、どの打撃も、あまり力は入っていない。この程度なら、充分に女性でもやれる、と分っていたのでね」

佐川京子は、よろけてカウンターにつかまった。加瀬文代の方は泣き出してしまっていた。

「――どうして母を殺したんですか」

と、恭子は言った。「母はただスナックを開いていただけなのに」

佐川京子は、息を吐き出して、

「――オアシス」

と、言った。「馬鹿げてる！　こんな所が〈オアシス〉だなんて。うちの主人も、この加瀬さんのご主人も……。残業だとか、何とか言っては、ここへ通ってたんだわ。――許せなかった！　ちゃんと家があって、私たちがいるのに、どうしてこんな女の所へ……。きっと、何かいかがわしいことをしてるんだ、って、話し合ったのよ」

「――それこそ愚かと言うものだ」

と、小栗が言った。「男たちは、ここに、ただ安らぎを求めて来たんです。決して、家がいやだったのじゃない。誰一人、離婚した人などいないでしょう？」

「――家を守ったのよ」

と、佐川京子は言った。「そうよ。このままいけば……。家庭がどうなったか。私たちはね、家を守ったの。生活を守ったのよ。当然の権利だわ、そうでしょう？」

「それはどうですかな」

と、刑事は首を振って、「署で、ゆっくりうかがいましょう」

佐川京子は、青ざめた顔で、それでもしっかりした足取りでスナックを出た。

加瀬文代は、刑事に支えられて、やっと立ち上った。よろけるように歩き出すと、

「あの――ね、刑事さん、夕ご飯の仕度をしてないんです。主人と息子が……。ね、それまでに帰れるでしょ？　ねえ？」

刑事は黙って文代の肩を叩くと、スナックからやっと彼女を連れ出した。

「――どうもありがとう」

と、恭子は、小栗に言った。

「いや。君の行動力のおかげだよ」

と、小栗は言って、「しかし――あの女たちも哀れだな。もちろん、君のお母さんを殺したことは憎むべき罪だが」

「そうですね……」

恭子は、複雑な表情で、呟いた。

「――ありがとう、本当に」

と、克子は言った。

「いいえ。色々勝手なことをして、すみません」

恭子はそう言って、ベッドの実野山へ、「早く良くなって下さい」

と、かがみ込んで声をかけた。

実野山が微笑む。――少し、言葉も出て来るようになったのだ。

「じゃ、康子ちゃんにもよろしく」

と、恭子は言って、病室を出ようとした。

「送るわ、玄関まで」

克子は立ち上って、夫が何か言ったのに気付き、「――え？　何なの？」

と、耳を寄せた。

――廊下で恭子が待っていると、克子が何やら難しい顔で出て来る。

「どうかしたんですか」

と、恭子が歩きながら訊くと、

「いえね……。何か言ってるから、何かと思ったら――」

克子は、ため息をついて、「『可愛い子だな』ですって！」

恭子は、ふき出した。そして、克子も一緒になって、笑い出したのだった。

――もう、夫が〈オアシス〉をほしがることはないだろう、と克子は思った。

もし、あったら？

構やしないわ、と克子は思った。オアシスは、目的地じゃないのだ。帰るべき家は、克子の所なのだから……。

本日は休校日

1

鳴らない目覚まし時計。

時刻表示の出てないテレビ画面。

たっぷり時間をかけて作った朝ご飯（とはいっても、いつもとちっとも変らないけど）。

みんな、みんなすてきだ！

日曜日？　祭日？

残念でした！　今日は、学校がお休み。つまり――「休校日」なのである。

チーン、と電子レンジが音をたてた。

「寝坊したかと思って、焦ったわよ」

と、母がボサボサの髪のままで、言った。

「ちゃんと寝る時も言ったじゃないの」

と、私は言った。「あ、コーヒー、もう一杯ちょうだい」

「はいはい」

母は、欠伸しながら、ポットからコーヒーを注いで、「休みなんだから、もっとゆっくり寝てりゃいいのに」

と、文句を言った。

「せっかくの休みよ！　それにいつもよりずっと遅いでしょ」

「当り前よ。いつもと同じに起こされちゃ、かなわない」

と、母は眠そうな目で言った。

ま、母が言うのも分らないではない。いつも朝の六時に起き出して、お弁当を作ってくれているのだから。

もちろん、娘としては、大いに感謝もしている。今朝だって、起きてくれと頼んだわけじゃない。

自分で勝手に何か食べて行くから、と言ったのに、起き出して来て、朝ご飯を作ってくれたのである。

「どこに出かけるの？」

と、母は訊いた。

「分んない。史江と会ってから決める」

と、私は言った。

「宮沢さんと一緒なのね」

「そう。待ち合せてるんだ。——そろそろ行こうかな」

と、私は腰を上げた。「ねえ——」

「お金？」

と、さすがに母は察しがいい。「あんまり使っちゃだめよ」

「いつも、そんなにむだづかいしてないでしょ」

「どうだか……。お財布から持って行きなさい」

「三千円、いいね」

「残ったら——」

「返すわよ」

私は、アッという間に母の財布から三千円を抜き取り、それを握って、二階へと駆け上って行った。

もちろん、残ったら返すつもりはある。ただ、いつもなぜか残らないのである。今日も、たぶん残らないだろうという予感（？）があった。

母だって、期待しちゃいないはずである。

さて——何を着て行くか。

一七歳の乙女の着替えですから、ちょっと遠慮して下さいね。その間に、私の自己紹介でも、読んでいていただこうか。

私の名は河口彩子。——母は千恵といって、今年四三になる。

父はもうこの三年、九州に単身赴任していて、年に二、三度しか帰って来ない。

でも、母が寂しさの余り、不倫に走るとか、アルコールに溺れる、といったこともなく、私も番長になったり駆け落ちするというスリルを味わうこともなかった。

まあ、ごく平穏な暮しが続いていたのである。

私は私立の女子校に通っている。中学から入って、短大へと真直ぐに上れるコース。

だから、高校二年生になった今でも、こんなに呑気にしていられるのだ。

前にも書いた通り、今日は休校日。

十月というと、十日の体育祭の代休などはよくあるのだが、十月も半ば過ぎの、こんな時期の休校は珍しい。今日は、学校創立者の命日なのである。

次のテストまでは、まだ少し間があるし、こんな日には宿題もない。——正真正銘の「休み」なのである！

さて、着替えもすんだ。

次は、どこへ行くか、だ。どこへ行くにしても、まず家を出ること。

今日は一日、晴れ。爽やかな一日、という予報も出ている。私はバタバタと、階段を下りて、玄関へと急いだ。

「ちょっと、彩子！」

と、母の声。「帰りは何時？」

「分んないよ！」

と、靴をはきながら、「ご飯までには帰るから！」

パッと外へ飛び出す。

まずは、外出に理想的な上天気。

ゆったりしたジャンパースカートを着た私は、千九百八十円で買ったバッグを振り回しながら、まずは駅に向って歩き出していたのだ……。

一人っ子ってのは、やはり寂しがり屋なんだろうか。

公衆電話のボックスに入って、プッシュホンのボタンを押しながら、私はそう考えていた。

親友の宮沢史江と会うことにしてある、と母に言ったのは、実はでたらめで、今日は一日、一人で気の向くまま、ぶらりと歩くつもりだったのである。

でも――どこへ行こうか、と考えるためにまず入った喫茶店で、注文したアイスティーをアッという間に飲んでしまい、たった三分しかたっていないことを知って、唖然とした。

史江と二人だったら、紅茶一杯で三十分はもつのに。――そう考えると、やっぱり一人っていうのがつまらなくなってしまうのだ。

いかに親友といえども、史江と私じゃ、趣味も違うし、体力も違う（史江は、ともかくいくら歩いても疲れない、という人間離れした体力の持主！）。一緒にいれば、それなりにくたびれもするし、気もつかうが、それでも一人でいるよりゃいい、というので……。

「もしもし。――あ、宮沢さんですか。河口です。――どうも。史江さん、います？」

いてくれないと困るよ、と思いつつ、史江のお母さんに訊くと、

「あの、実は、ゆうべから熱出して寝込んじゃってるんです」

「え？」

と、失礼ながら、思わず声を上げてしまったのだ。「病気――ですか」

と、分り切ったことを訊く。

「ええ。何だかすっかり参っちゃってるみたいで――え？　なに？」

と、史江のお母さんは、電話口の向うで訊いている。「――河口さんよ。――えっ？

――そう？」

何やってんだろ？　――少し間があって、

「あ、もしもし、ごめんなさいね」

「いいえ。何か？」

「あの――史江が、何だかお願いがあるんですって。ぜひ、彩子さんに来てもらって
くれ、って……。何かご用事でも――」

「あ、そうですか。いえ――いいです、どうせ暇ですから」

「そうですか。ごめんなさいね、せっかくお休みだっていうのに」

「いいえ。それじゃ、今から――三十分もありゃ行きますから」

電話ボックスを出て、肩をすくめると、

「ま、ともかく行く所は決った」

と、私は呟いたのだった。

休みの日に病気の友だちの見舞。――何てまあ、真面目なこと！

でも、史江が寝込んでいるという、「珍しい現象」を見学すべく、私は結構楽しい気分で歩き出していたのである……。

2

「ラブレター？」

と、私は思わず大声で言ってしまって、

「しっ！」

と、史江ににらまれてしまった。

「ごめん。――あの、ラブレターって言ったの？」

と、今度は小さな声。

「そうよ。そんなにびっくりしなくたっていいじゃないの」

史江は、ふくれている。

「別に、そういうわけじゃ――」

「そりゃ、私にそんなもんが似合わないことは分ってるわよ」

「誰も言ってないでしょ。そんなこと」

と、私は言った。

確かに、史江が頬を赤らめながら、おずおずとラブレターを、思う相手に渡してる、なんて図が想像しにくいことは確かだ。でもあっておかしい話じゃないし、それはそれでさまになりそう。

「そんな話、聞いたこともなかったしさあ。――でも、すてきじゃない」

と、私は言った。

「そう?　彩子、馬鹿にしてない、私のこと?」

「病気になると、疑い深くなるのね」

と、私は言ってやった。「で、その話を聞かせるために、呼んだの?」

「そうじゃないの。――まずいことになっちゃったんだ」

――ここは史江の部屋。

確かに、史江は熱を出して寝てはいるのだが、史江のお母さんが出してくれたフルーツケーキもペロリと食べたりして、一体これでどこが病人か、という食欲。

「ね、彩子」

「何よ」

「友だちでしょ」

「何なの、だから？」

「怒らない？」

「怒る、って……。別に、史江が私の彼氏にラブレター書いた、ってわけじゃないし」

史江が誰にあててラブレターを書いたのか、私は聞いてなかったけど、そもそも私に、まだ「彼氏」ってもんがないのだから、その心配はなかったのである。

「実はね――昨日さ、六時間目に、持物検査って噂が流れたでしょ」

「うん。でも、やんなかったじゃない」

「やんなかったけど、私、焦ってさ。――何しろ、鞄の中に、そのラブレター、入れてたんだ」

「そりゃ、やばいや」

と、私は笑って、「でも、いいじゃない。やらなかったんだから」

「そうなんだけど、その時は焦ってさ、ロッカーへ隠したんだよね」

「ロッカーに？」

「うん。――それで、帰りに取って行くつもりだったんだけど……」

「呆れた！　忘れたの？」

「まさか！　クラブの先輩と、ロッカーの前で一緒になっちゃったの。『一緒に帰ろう』とか言われてさ、いやとも言えないじゃない」

「そりゃそうだ」

「先輩の目の前で、ロッカーから、そんな手紙出せないし。で、結局、手紙、ロッカーへしまい込んだまま、帰って来ちゃったのよ」

「へえ。そりゃお気の毒。でも、別に腐るもんじゃないし」

「まあね」

と、史江がため息をついて、「ところがね、ゆうべからこの熱でしょ。今日、クラブの用事で、先輩から電話があったの」

「昨日帰った人？」

「ううん、違う人よ。――それでさ、とんでもないこと、聞いちゃったんだ」

「とんでもないことって？」

「今日ね――学校のロッカー検査があるんだって」

「うそ！」

　私も目を丸くしていた。

「本当なのよ。その先輩、叔父さんが、うちの短大の教授だから。もう、びっくり仰天しちゃってさ」

「休校日に、ロッカー検査？」

　確かに、生徒は誰もいないし、先生がロッカーを開けて、中を調べるには絶好の日かも……。でも、汚ない、そんなの！

「ひどいなあ。断固抗議しちゃう」

　と、私はカッカしていたが、「――そうか。すると、史江のラブレターも……」

「当然見付かっちゃう」

　と、史江が情ない顔をしている。

「ま、でも仕方ないじゃない。別に悪いことしてるわけじゃないし」

　いくらかは問題になるかもしれない。何といっても女子校で、その手のことには、やたらとうるさいのである。

「うん……」

　と、史江は口を尖らして、「でもねえ……」

「ちょっとお目玉くらうぐらいよ」

「そのロッカー検査がさ、午後の二時からだっていうの」

史江が、私の目を見る。――あのね。冗談じゃないわよ！

「どうしろ、っての？　いやよ！　わざわざ学校まで行って、ロッカーからそのラブレターを取って来い、って？　だって――学校休みよ」

「そりゃあね、私が叱られるだけですみゃいいわよ……」

と、史江は、何だか意味ありげに言って、目をそらした。「だけどねえ……。やっぱりいやでしょ、彩子も」

「いや、って、何が？」

「ラブレターが見付かって、叱られるのは……」

「何で私が叱られんの？」

「だって――」

と、史江は言った。「私がラブレター隠したの、彩子のロッカーなんだもん」

「全く、もう！　冗談じゃないわよ！」

私がバスの中でブツブツ言っているので、周りのお客さんたちは、不思議そうな顔をしていた。

でも、文句を言いたくなる気持も分ってほしいってもの。——どうして、せっかくの休校日に、私のロッカーに入れられた、史江のラブレターを取りに行かなきゃいけないわけ？

腹が立つやら、情ないやら……。きっと、私はこれ以上不機嫌になりようがない、という不機嫌な顔をしていたに違いない。

まあ——史江に悪気があったわけでないことは、私としても分っている。

私たちのロッカーは、ダイヤルで三ケタの数字を合わせることになっていた。元は、鍵で開けていたのだが、それだと、鍵を失くして困る生徒が続出したので、ダイヤル式に変えたのである。

私と史江のように、親友同士だと、たいていの子は、相手のナンバーも知っていて、適当に教科書の貸し借りなんかしている。

ラブレターを隠すのに、あわてていた史江が、近い方の私のロッカーへそれを放り込んだ、というのも、分らないじゃない。

だけど——よりによって！

あ、次だ。私は、立ち上った。

バスを降りると、校門は目の前。

でも――そうだ。今日は休校日だった！

いつも校門は開いているのに。門が閉じてるなんてこと、考えもしなかった！

でも、今、目の前で、現実に門は閉じていたのである。

開けて入る、っていっても……。だめだ。しっかり、鎖なんかがかけてあって、それに冗談みたいな、大きな鍵がついている。これを壊すには、スーパーマンでなきゃね。

参ったな！

一応、学校には、用務員のおじさんがいるはずで、門柱のわきについてる呼びリンを押すと出て来てくれることにはなっている。

でも、何しろこっちは先生に知られないように、こっそりとロッカーから史江の手紙を取って来なきゃいけないいんだから……。

しょうがないなあ。

ともかく、私は学校の塀に沿って、グルッと裏手の方へと回ってみた。表がだめなら、裏口があるさ、というわけで……。

確かに、我が校にも裏口というものはある。いや、「裏口入学」とかいう意味での「裏口」じゃなくて、れっきとした（ってのもおかしな言い方だけど）裏門である。

でも、このところ、この付近、空巣や泥棒が多いせいもあってか、この裏門の方も、しっかり、閉っている。ちょっと手でつかんで揺ってみたけど、全然開きそうもない。

これじゃだめだ！

腕時計を見ると、一時半。――二時から、ロッカー検査ということだった。

となると、そろそろ検査の先生は学校へやって来るだろう。いや――待てよ。

学校は休みでも、必ず誰か先生は一人、出て来ているはずだ。――夏休み中だって、必ず毎日、交替で出ているのだから、今日だって、きっと……。

そうなると、よほど用心しないと、その当直の先生に見付かる、ってこともあり得るわけだ。

全く、もう！　史江もとんでもないことしてくれたわよ。

ここで、私としては、冷静に考えれば、諦めて引き返すべきだった。

ロッカーからラブレターが一つ見付かったって、休みの日に学校へ忍び込んだりするのに比べたら、どうってことはない。

でも――そこが「友情」ってものの、妙なところで、史江に、「やるよ」と言って来た以上、そう簡単には引き返せない。

それに、私は結構身が軽くって、小さいころから、ジャングルジムに上ったりするのが大好きだった。そして、目の前の裏門は、表の方の門に比べたら、大した高さもなくて、その気になりゃ、ヒョイと越えられそうだったのだ……。

だからって、越えていい、ってもんじゃないのは当然だけど——。

でも、せっかくここまで来て……。

私は、ちょっと左右へ目をやって、人が来ないのを確かめると、何だか知らないけど咳払いなどして、

「よいしょ……」

と、両手で門の格子をつかみ、片足を横棒にかけて、ぐっと体を持ち上げていた。

割とアッサリ門の上にまたがった私は、ここはやはり飛び下りるしかない、と心を決め、エイッと——スカートを翻して、下着なんかもチラッと見えたかもしれないが——飛び下りていた。

ま、こんな具合で、この休校日に、わざわざ私は裏門を乗り越えて、学校の中へと入って行ったのである……。

3

「ええと……失礼します」

余計なことを言わなくても良かったんだけど、私はともかく、校舎の中に入って、靴を脱いで、上ばきにはきかえた。

習慣になっている、というだけでなく、この方が足音もしないし。

さて……。面倒なことに、校舎の古い私たちの学校では、この玄関と、ロッカールームが、いやに離れているのだ。

ここからロッカールームまで、ほとんど校舎を丸々通り抜けなくてはいけない。その途中には事務室もあり、職員室もある。

誰もいなきゃいいけど……。

私は、足音をたてないように、用心しながら、廊下を歩いて行った。

今時、文化財にでも指定されそうな、木造校舎。——来年には鉄筋コンクリートに建て替えられることになっているので、今のいたみようは相当にひどい。

下手に歩くと、ギイギイ音をたてるので、私は、ひやひやものだった。そして——

ちょうど二階へ上る階段の真下辺りに来た時、廊下の先の方で、ガラガラと戸の開く音がして、私は飛び上りそうになった。

誰か出て来る！

もう迷っている余裕はなかった。私は階段をタタッと途中の踊り場まで一気に上った。

パタ、パタ、パタ……。

先生のサンダルの音が、こっちへ近付いて来る。私は追い立てられるように、二階まで上ってしまった。

下の方の様子をうかがっていると、そのサンダルの音は、階段の下を素通りして行ってしまい、取りあえずはホッと一息……。

でも、すぐ下りて行っては危いかもしれない。といって、時間もそれほどあるわけじゃないのだ。――私は、二、三分待って、下で物音がしなきゃ、下りて行こう、と思った。

二階の、この辺りは、教室ではなく、研究室が並んでいる。

研究室というのは、要するに、各専門教科ごとの先生たちの部屋だ。生徒たちにはあまり用のない場所である。

もちろん、休校日には、こんな所に誰もいるわけが……。

——何だろう？

私は、空耳か耳鳴りか、と頭を振ったり、指で耳の穴を、ほじったりしてみたが、「その声」は消えてなくなりはしなかった。

女の声。——それも、押し殺したような、すすり泣きの声だ。

どこからともなく聞こえて来るその声は……私を真青にさせるのには充分だった。

お化け？

この学校に幽霊が出るなんて、聞いたことないけど、でも……。

確かに、「お化け」ってあだ名の先生はいる。だけど本物の方の話は知らなかった。

でも、しばらく耳を澄ましていると、どうやら、その声はお化けじゃなくて、本物の人間の声らしい、と分って来た。

でも、誰が泣いてんだろ、こんな休みの日の学校の中で……。

私は、差し当り、史江のラブレターを取り戻すという仕事があった。他のことに気を取られている暇なんかない——はずだった。

でも——気が付いてみると、廊下をそっと進んで、その泣き声の聞こえる部屋を、捜していたのである。

やめなさいよ、そんなこと！

頭の中じゃ、冷静な私が、忠告していた。でも、好奇心というやつは、時には理性なんかけちらしてしまうんである。

少し、戸が開いている部屋があった。

研究室じゃない。――ここは、いわば共用の資料室で、先生用の図書室みたいなものだ。

私も、一、二度入ったことがあるが、大きな辞書だの、百科事典だのが棚一杯に並んでいて、他には、古ぼけたソファがあるだけの、殺風景な部屋である。

ここで、誰が……。

足音を忍ばせて、そっと近くへ行ってみると、突然、その部屋の中から、

「ひどいじゃない！」

と、女の声が飛び出して来て、私は仰天した。

つい、ごめんなさい、と謝りそうになって、やっと思い止まったくらいだ。

誰だろう？　一人言を言ってるんじゃないようだし、といって、ラジオドラマのようでもない。

「本気じゃなかったのね。――私のこと、ただオモチャにしてたのね、分ったわ。そ

れならいい。いいえ、何も言わないで……」

まくし立てるように言って、その女性は、怒りを鎮めようとするかのように、少し間を空けた。

「分ってたんだわ。初めから。本気のはずがない、って。でも——私だけは違うと思ってた。私だけは……」

声が震えて、また泣き出した。

ふと、私は、この声を聞いたことがある、と思った。誰だろう？

「——触らないで！」

と、甲高い声を上げて、「これで終りなんてことにはさせないからね。何もかもぶちまけてやるから。——あなたも終りよ。生徒に手を出したなんてことが分ったら」

生徒！　——先生と生徒？

私は、とんでもないものを聞いてしまっていたのだ。でも……誰だろう？

「否定したってだめよ。私は妊娠までしたんだから。——あなたが私を捨てるのなら、私、あなたも二度と教師になれないようにしてやる！」

凄い迫力だった。聞いていて、ゾッとして来るくらいだ。

「あなたがいくら言いわけしたってね、理事の娘の方が信用されるわ。それを承知の上でしょうね」

理事の娘……。

アッと思い当って、私は声を出しそうになり、口をふさいだ。

高三の、生徒会長をつとめている松山さん——松山珠代だ！

直接付合いがあるわけじゃないが、生徒会長として、よくみんなの前で話をするし、成績も優秀で、何かと注目の的になる人だから、確かである。

でも——あの松山珠代が先生と……。しかも妊娠してた、って？

私は、凄いニュースに興奮したのも事実だったが、でも、これはちょっと「凄すぎた」。却って、怖くなってしまったのだ。

もし、こんなことを立ち聞きしているのを見付けられたら、それこそどうかなってしまうか……。

相手の先生というのが誰なのか、知りたいのは当然だったが、ともかくここは一旦引き上げるのが上策というわけで、廊下が鳴らないように用心しながら、ジリジリと後ずさりして、階段の方へとむかって行った。

——もう大丈夫、という所へ来て、フーッと息を吐き出す。

それにしても……。驚きだ！

松山珠代と、男の先生……。とても、考えられない取り合せだ。

そうだ。――ロッカー、ロッカー。

何しに学校へ来たのか、危うく忘れてしまうところだった。階段を下りて、一階の廊下を見渡す。

何とか行けそうだ。私は、小走りに、ロッカールームへと急いだ。

ロッカールームには、もちろん誰もいなかった。

一時四十五分。――急がないと、検査が始まってしまうだろう。

自分のロッカーを開ける。

「これか……」

史江の字と一目で分る白い封筒。誰にあてたものなのか、探りたいとも思わないが、いやでも宛名は目に入る。

「へえ、あの子か」

一度、課外研究で共同調査をしたことのある、私立男子校の高校二年生。小柄な可愛い子で、たぶん史江より背丈も低いだろう。

でも、史江にはお似合いかもしれない……。

「おっと——のんびりしちゃいられない」

と、私は、その手紙をバッグへ入れ、ロッカールームを後にした。

用がすんだら、長居は無用!

玄関の方へと急いでいると——。

「はい、よく分ってます」

電話で話している女性の声が聞こえて、ギョッとなる。

事務室だ。誰が電話してるんだろう?

「そうですね。——ええ、必ず伝えておきますから」

私は素早く、事務室の開きかけたドアの前を通り抜け、玄関へと急いだが——。

チーン、と電話の切れる音。私はとっさに、さっきと同じように、あの階段を駆け上っていたのだ。

タッ、タッ、とサンダルの音が近付いて来る。そして、その音は——さっきみたいに素通りしてはくれなかった!

階段を上って来たのだ。——私は焦った。

どこかに隠れなきゃ!

でも……。研究室は、どれも鍵がかかっているはずだ。どこか開いてる所。——どこか——。

あの資料室？　でも、まだあの二人がいるかもしれない。

タッタッタッ——階段を上って来る足音。

仕方ない。一か八か、私は資料室へと急いだ。

戸は閉っていた。さっきは少し開いていたから、もしかすると、もう中には誰もいないのかも——。

声も聞こえない。私は、思い切って、戸を細く開け、中へ滑り込んだ。

そっと戸を閉める。——大丈夫だ！

中には、誰もいなかった。

でも、今、階段を上って来た誰かが、ここに来るということも、ありうるわけだ。

ともかく、入口から見えない所に隠れていよう。あのソファの裏側かな。

あんまり変りばえのしない思い付きだったが、他にいい場所もなさそうなので、私は、ソファの裏側に這いずり込んだ。

やれやれ……。

息をついて、つくづくいやになってしまった。何で、こんな思いをしなきゃいけないの？

休校日なのに！　冗談じゃないわ。

早いとこ逃げ出そう。こんな所で一日隠れているなんて、冗談じゃないものね。

あの足音が、資料室の方へ近付いて来て、戸の前で止った。――戸を開け閉めする音を聞かれたのかな？

私は、ソファの裏側の、もっと奥の方へ入ろうと、後ずさった。後ずさって――何かにつかえた。

ん？　――何か置いてあったのかな？

私は振り向いて……。目の前、十センチほどのところに、土気色になって、白目をむいた、あの生徒会長――松山珠代の顔があった。

「あ……あ……」

声が出た。隠れてることなんか、すっかり忘れてしまった。

「キャーッ！」

と、悲鳴を上げ、私はソファの裏から、転がり出た。

私の体で押したせいか、松山珠代の体も、ゆっくりと倒れて、ソファの裏から姿を現わしたのだ。

「誰か……誰か来て！」

私がその場に止まっていたのは、度胸があったからでは、残念ながら、ない。逆に、腰が抜けてしまっただけなのである。

戸が開いて、

「どうしたの？」

と、入って来たのは——。

「栗田先生！」

保健室にいる女医さんだった。二十代の終りぐらいで、細身ながら、結構すてきな人である。

でも、この時には、栗田先生が、光り輝くぐらい、頼もしく見えた！

白衣を着た栗田先生は、すぐに松山珠代を見つけて、

「まあ！　松山さんじゃないの」

「あの……死んでるみたいです」

私の声は震えていた。

栗田先生は駆け寄って、松山珠代の胸を開き、耳を押し当てた。

私は、見ていると気が遠くなりそうで、目をそらしてしまった。

「——亡くなってるわ」

と、栗田先生は、緊張した声で言った。「河口さん、これ、どういうこと？」

「あの……私じゃありません。私——隠れようと思って、そのソファの後ろに。でも、先にこの人が……」

舌が思うように回らない。私は混乱して、ゆっくりと事情を話せる状態じゃなかった。

「落ちついて。——立てる？」

「ええ、何とか……」

支えてもらって、やっと立ち上る。

「下へ行きましょう。熱いお茶でも飲んで」

「でも、ここは……」

「亡くなったものは、仕方ないわ、今はあなたの方が先。——さ、歩ける？」

「はい……」

資料室を出て、廊下を歩き出すと、やっとめまいがおさまって来た。

「河口さんは何の用でここに来たの？」

と、栗田先生が訊く。

「私……ロッカーに忘れ物して……」

「そう。今日はロッカー検査よ」

「ええ、知ってます」

と、私は肯いて、「先生もそれで？」

「私は関係ないの。ただ、保健室の薬のチェックをね。休みの日ぐらいでないと、時間がないのよ。さ、階段を下りて」

私は、あの死体から少しずつ離れるにつれて、足取りがしっかりして来るのを感じたのだった……。

4

「——大丈夫？」

栗田麻子（あさこ）に、お茶をもらって、私は一気に飲み干してしまった。

それでずいぶん気分が落ちつく。人間ってのは、不思議なものだ。

ここは、職員室の隣の応接室である。

「ここ、使ってたんですか？」

と、私は言った。

テーブルの上に、飲みさしの茶碗が三つ、置かれていたからだ。

「そうよ。今日のロッカー検査に立ち合う先生方がみえて、ここで一息入れてたの」

と、栗田先生は言った。

「じゃ、今は――」

「ロッカーの検査中よ。大丈夫、しばらくかがるわ」

と、栗田先生は言った。「あら、それは何?」

「え?」

私は、初めて気が付いた。袖口のボタンに細い鎖みたいなものが、引っかかっていたのだ。

「あ……。さっきぶつかった時に――。松山さんのだわ、きっと」

「大変なことになったわね」

と、栗田先生は首を振って、「あなたの話の通りだとすると、あの松山さんを殺したのは――」

「たぶん……先生です。誰だか分らないけども」

「声も聞かなかったの?」

「ええ。――全然。松山さんの声しか、聞こえませんでした」

「松山さんがねえ……。一体誰と。――聞いたこともないわ。色んな噂が、私の耳には入るんだけど」

　確かに、栗田先生は、生徒たちの信頼も厚かった。もちろん女医さんと教師とは立場も違うけど、何でも安心して打ち明けられる人って、少ないものだ。

「松山さん、妊娠してた、って……」

「びっくりね」

　と、栗田先生はため息をついて、「この前、珍しく、気分が悪くなった、って、保健室で一時間くらい休んでったことがあるけど、まさかそのせいだなんて、考えもしなかったわ。──だめね。女医のくせに」

「先生、警察に……」

「ええ、もちろんよ。でも──ちょうど今日は、生徒部長の沢井先生もみえてるし、私たちだけで届けるより、ずっといいわ」

「そうですね」

　と、私も言った。「他に誰が？」

「太田先生と、もう一人は今日の当直の森山先生よ」

「男の先生ばっかり？　──女の子のロッカーを調べるのなら、女の先生に見てほしい」

こんな時なのに、私は苦情を言っていた。

「そうね。私も同感よ。私から、意見を出しておくわ」

と、栗田先生は肯いて、「じゃ、そろそろ先生方も戻ってみえるでしょ」

「ええ。――あれ？」

私は、立ち上って、応接室を出ようとしたが、ふと床にキラッと光る物を見て、足を止めた。

「どうしたの？」

「これ……。見て下さい」

と、カーペットの上から拾い上げたものは、さっき私の袖口のボタンに引っかかっていたのと同じ、金の鎖だった。

「それと同じ……？」

「ええ……。ということは……。ここに落ちてたんですよ。応接室に」

「河口さん――」

「先生。犯人は……松山さんを殺したのは、ここにいた三人の中の誰かなんだわ」

「まさか！」

もちろん、私も、まさか、と思わないわけじゃなかった。

生徒部長の沢井先生は、厳格で几帳面。決して人気のある先生じゃないが、五十代の半ばで、それなりに尊敬されている。太田先生は四十歳ぐらいか。現代国語の先生で、よく冗談を飛ばし、人気がある。

森山先生は一番若い。——まだ去年から教師になったばかりで、確か二十三か四。生徒からは「子供扱い」されている。童顔の少年ぽい先生だ。

三人とも、良く知っているが、もちろん誰にしたって、あんなことをやりそうな人ではない。でも——この落ちていた鎖は、現実のものなのだ……。

「先生……」

「どうしよう？」

私と栗田先生は、しばし顔を見合わせていた。——もう、女医と生徒じゃない。ただ、呆然としている二人に過ぎなかったのだ……。

「——見て下さいよ、これを！」

と、太田先生が、ドサッと机の上に大きな布の袋を置いた。

口が縛っていなかったので、その中から、色んな物が飛び出した。——口紅、ドライヤー、ヘアスプレーといった化粧関係の物がほとんどだが、他に、ウォークマンだの、ラジカセまである。

そして、タバコにライター……。

「全く、嘆かわしい」

と、沢井先生は年長者らしい嘆き方をしている。「今の子は、自分を大事にする、ということの意味を取り違えておる」

でもねえ……。きっと沢井先生だって、高校生のころは、一生懸命、女の子にもてようと、ヘアスタイルなんか気にしてたと思うんだけど。

それにしても、タバコやライターをロッカーへ入れとくなんて、大胆なこと！

「しかも、みんな真面目な子ですよ」

と、太田先生。「いや、ショックだな」

「真面目だけじゃ、却って怖いですけどね、僕なんか」

と、若い森山先生は、大して気にもしていない様子だった。「少しは、違反して構わない、って感覚も大切ですよ」

沢井先生は、いやな顔をして、

「しかしね、我が校には校則というものがあるんですよ。森山先生」

「ええ、そりゃ分ってます。もちろん、違反した子は、それなりの罰が必要でしょう。

ただ——それで、その子を色メガネで見るようになっちゃいけないな、と思ってるんですよ」

森山先生は若いから、結構怖いもの知らずに言いたいことを言ってしまう。太田先生が間に入るように、

「まあ、その辺のことは沢井先生もご承知ですよ。いずれにせよ、生徒のためを思えばこそですからね。——さて、ともかく整理しましょう。どの品物が誰のロッカーの物か、ちゃんと番号をつけておかないと」

「そうですね。じゃ、全部取りあえずこの上に並べて……。僕が札をつけますよ。太田先生、読み上げて下さい」

沢井先生は、ロッカー検査で少しくたびれたのか、傍の椅子にドカッと座った。

「——失礼します」

と、栗田先生が声をかけたのは、この時だった。

「おや、栗田先生。——その子は？」

と、沢井先生が私を見て、言った。

「何だ、河口じゃないか」

と、太田先生が言った。「何しに来たんだ、休校日に」

「あの――どうしても調べたいことがあって。歴史のレポートなんですけど」

と、私は言った。

多少、声が緊張していても、この場では不自然じゃあるまい。

「資料室の百科事典を見せてもらえないか、って言うんです」

と、栗田先生。「私じゃ判断がつかないので、戻られるのを待っていたんです」

「そりゃ感心だがね」

と、沢井先生は腕組みをして、「しかし、学校へ来るなら、そういう服装でない方がいい」

「すみません」

仕方ないでしょ！　心の中で、舌を出してやった。

「図書館の方がいいんじゃないのか」

と、太田先生が言った。

「ええ。でも図書館は鍵がかかってますでしょう。資料室なら、すぐ入れますし」

「そりゃ、資料室の方がいい」

と、森山先生が愉快そうに言った。「図書館に勝手に入ったりしたら、笹田先生が怒り狂いますよ」

図書館の、口うるさいおばさまである。

「——分りました。じゃ、私がついて、調べさせます」

と、栗田先生は言って、「さ、行きましょ」

と、私を促した。

「おい、河口」

と、太田先生が呼び止める。

「はい？」

「その服はどこで買ったんだ？」

「これですか？　小田急です」

「そうか。うちの娘のとそっくりだな」

太田先生は、結婚が早かったので、もう一七歳の女の子がいるのだ。

私たちは廊下へ出た。

「——やれやれ、だわ」

栗田先生が息をつく。

「今のところ、誰だか分りませんね」

と、私は言った。「資料室って聞いて、誰かドキッとするかな、と思ってたんですけど」

「信じられないわ。あの三人の先生の中に犯人がいるなんて……」

「——どうします？」

私が見ると、栗田先生は、ちょっと肩をすくめて、

「決めたからには、その通りにやりましょうよ」

「賛成！」

私と栗田先生は、階段を上った。

——資料室へ入ると、松山珠代の死体は、もちろんそのままになっている。

「じゃあ……」

と、私が言うと、栗田先生は肯いて、

「二人でやりましょ。一人じゃ、腰が抜けそう」

と、ため息をついた。

——もちろん、警察の人に知れたら、叱られるだろうが、私と栗田先生は、二人してこわごわ松山珠代の死体を抱き起こすと、両側から支えるようにして、資料室から運び出したのである。

保健室までの道は長かった！

私は、自分で言い出したことながら、後悔して、よっぽど途中で逃げ出そうかと思ったくらいだ。

でも——ともかく、何とか辿り着いた！

保健室のベッドに死体を寝かせ、白いシーツをかける。それからカーテンを引いて隠すと、ドッと汗がふき出して来た。

「こんなに汗かいたの……運動会以外で、初めて」

と、思わず私は言っていた。

「本当ね」

と、栗田先生も肯いたが、さすがに女医さんで、私とは違って落ちついた様子である。

「さあ……。そろそろ、次の場面よ」

栗田先生の言葉が、少し冗談めかしていたので、私も大分気が楽になった。

「大丈夫？」

「ええ」

と、私は肯いて、ハンカチを出し、汗を拭った。

「じゃ、行きましょう。少し焦っている様子でないと、おかしいわよ」

「ええ」

二人して、廊下へ出ると、小走りに職員室へと急ぐ。

応接室のドアを開けると、中では、太田先生と森山先生が、品物をテーブルに並べて、表を見ながら、札をつけている。

何だか、ノミの市でもやってるみたいに見えた。沢井先生の姿は見えなかった。

「何だ、河口、もう終ったのか?」

と、太田先生が言った。

「沢井先生はどちら?」

と、栗田先生が訊くと、森山先生が肩をすくめて。

「さあ。トイレにでも行ったんじゃないかな。見てても退屈でしょ」

私と栗田先生は、チラッと目を見交わした。

「——資料室で、生徒が一人、倒れてるんです」

と、栗田先生が言うと、

「何ですって?」

後ろで声がした。沢井先生が、立っていたのだ。

「倒れていたというのは——」

「分らないんです。失神していて、どうやら誰かと争ったみたいで、少し傷もあります」

「やあ、そりゃ大変だ」

と、太田先生が仕事の手を止める。

「あの――二人で見つけて、今、保健室に寝かせてあるんですけど」

栗田先生は沢井先生の方へ、「救急車を呼ぶか……。警察へ連絡した方がいいか、どうかと思いまして」

「警察？　そんな必要がありますか」

「でも――誰かに殴られるかどうかしたのだとすれば――」

「本人の話は？」

「まだ意識を失っています」

「ふむ」

沢井先生はキュッと眉を寄せ、「救急車で運ぶ必要がありそうですか？」

「さあ……」

栗田先生は戸惑い顔で、「外傷はひどくありません。でも、レントゲンなどは、やはりとらなくては」

「しかし……。困りましたな、それは」

と、沢井先生は落ちつかない様子で、応接室の中を歩き回っている。

「沢井先生――」

「いや、警察はまずい！　校内の事件ですぞ。本人の話を聞いてからでも、届け出るのは遅くない」

「分りましたわ。でも、救急車は――」

「救急車を呼べば、警察に連絡が行くんじゃありませんか？」

と、太田先生が言った。

「その可能性もある。――栗田先生」

「はい」

「その生徒は、ともかく保健室で寝かせておいて下さい。意識を取り戻したら、話を聞いて、その上で、どうするか、決めることにしましょう」

「分りました」

と、栗田先生は、少し不服そうな様子で言った。

なかなかの役者！

「じゃ――今は寝かせてありますので、そっとしておいて下さい。意識が戻ったら、お知らせします」

「よろしく」

と、沢井先生がホッとしたように言う。

「あのね――私、ちょっと、必要な薬があるから、買って来るわ」

と、栗田先生が私に向って、言った。「あなた、悪いけど――」

「分りました。松山さんのそばについていています」

「松山だって？」

と、太田先生がびっくりしている。「生徒会長の松山？」

「ええ」

「やれやれ。――どうなってるんだ？」

と、太田先生は首を振った。

「河口さん、保健室に戻る前に、松山さんのお宅へ連絡して」

「はい」

「お母様がいらしたら、来ていただいて。でも、詳しいことは話さないで、いいわね？」

「気分が悪くなった、とでも……」

「そうそう。——事務室の電話を使うといいわ。生徒の名簿もあるし」

「分りました。じゃ、電話してから、保健室に行ってます」

「——じゃ、またお知らせします」

栗田先生がそう言って——私たちは、応接室を出た。

「ああ、くたびれた」

と、栗田先生が息を吐く。

「名演技でしたよ」

「そう？　——さ、そっちへ隠れていましょ」

投げたえさに食いついて来るのは、果して誰なのか？

私と栗田先生は、あの階段の上り口に身をひそめて、応接室から出て来る「誰か」を待ちうけたのだ……。

5

「——どうなるかしら」

と、栗田先生が低い声で言った。

「分りませんけど……。森山先生だけは、何も言いませんでしたね。警察はまずいとか、様子を見ようとか」

「ええ、私も気付いたわ」

と、栗田先生も肯く。「そうなると、森山先生以外の二人……。でも、どっちにしてもショックよ」

「だけど、松山さんとのことが分ったら、やっぱり大変ですよ、あのお二人のどっちでも」

「三人の内の誰でも大変よ」

「ええ。でも、沢井先生はあのお年齢で、一応名士でしょ。それに、太田先生は奥さんも娘さんもいて。――森山先生はまだ独身でしょ」

「そうね……。まあ、他に犯人がいてくれるとありがたいけど――」

と、栗田先生は言いかけて、「しっ。誰か出て来る」

戸の開く音。――足音が、廊下へ出て来て、向うへと歩いて行く。

そっと覗くと、後ろ姿でも、はっきりと分る。太田先生である。

「保健室の方ですね」

「太田先生が……。私、後を尾けてみる」

を消した。

「任せて。他の廊下を通って先回りするから……」

「ええ、気を付けて」

どうやら、栗田先生も大分冒険好きの性格らしい。

足音を忍ばせて、栗田先生が廊下の途中から、他の校舎への渡り廊下へと曲って姿を消した。

やれやれ。——あの、人気者の太田先生がね。

確かに、少しうわついた、というか、いい加減なところのある先生だけど……。

でも、松山さんと太田先生？　——およそ合わない！

だけど、もし犯人なら、今、松山さんを何とかしなくては、と焦っているだろう。

あの三人の中で、この間に出て来たのが、太田先生だけなんだから——。

その時、戸の開く音がして、私はギクリとした。誰だろう？

タッタッと急ぐ足音が、こっちへ来る。

私は焦って、階段を上ろうと思ったのだが……。

途中で、その足音は止り、どこかの戸を開ける音がした。

私はそっと廊下を覗いた。——事務室の戸だ。半分開いていて、中に誰かが入って行っている。

誰だろう？

私は、そっと廊下を歩いて行った。

危険もあるのは承知だったけれど、好奇心の方が遥かに強かった。

「――もしもし」

低い声で、電話を使っているようだ。「――もしもし。私だ」

沢井先生だ。

どこへかけているんだろう？

「――そう。今、学校だよ。――いや、実はね、まずいことになった」

私は、少し背伸びをした。

電話している沢井先生の後ろ姿が、窓ガラス越しに見える。

「――生徒が一人、倒れてね。――いや、どうして学校へ来てたのか、分らん。――うん。放っとけんよ。万一、スキャンダルになるようなことだったら、困るからね……」

誰にかけてるんだろう？

「うん。――すまん、すまん。約束は憶えてるとも。――ああ、今日はちょっと無理だと思う。――そう怒るなよ。――頼む」

いやに、情ない声を出している。

どうやら、相手は女性らしい、と、私でも察しはついた。いつもの沢井先生とは思えない、猫なで声だ。

「――そうとも。君のことは大事さ。しかし、もし我々のことが、ばれでもしたら。――分るだろ？　私は生徒部長だよ。生徒部長と、父母会長夫人の仲、なんて、大変なスキャンダルになる。慎重の上にも慎重に……」

父母会長、夫人？

私は仰天した。――父母会長夫人といえば、確かどこだかの社長の奥さんだ。後妻だとかで、えらく若くて派手な人、と母から聞いたことがある。

その女と、沢井先生が？

私は唖然とした。

「――ご主人の出張は？　――うん、そうか。じゃ、来週なら会えるじゃないか。――ああ、ゆっくりと二人で温泉にでも。どうだい？　――必ず連れていくとも。――うん。また連絡するからね。――分ってる。君は可愛いよ……」

聞いていて、気分が悪くなって来た。

あわてて、階段の所へ戻っていると、沢井先生が出て来て、いそいそと応接室へ戻って行った……。

「何だろね、あれ？」

　呆れて、ものも言えない（言ってるけど）！　よく生徒の前で、お説教なんかできるもんね、全く！

　階段に腰をおろして、つくづく大人にはなりたくない、なんて考えていると、廊下に足音がした。

　どうやら太田先生が戻って来たらしい。

　栗田先生、大丈夫だったのかな。――心配していると、小走りな足音がして、栗田先生が戻って来た。

「先生！　――どうでした？」

「全然、見当違い」

　と、息を弾ませて、「太田先生、トイレに行っただけよ」

「ええ？」

「あなたの方は？」

「じゃあ……。沢井先生、出て来たんですけど――」

「沢井先生が？」

「でも、電話をかけただけです」

私が立ち聞きしたことを話すと、栗田先生は唖然として、

「世も末ね」

と、天を仰いだ。

「でも、変ですね。太田先生も、沢井先生も違う。――森山先生も、応接室から、出て来ませんでしたよ」

「そう……。じゃ、結論は、三人とも、犯人じゃない、ってことじゃないの？」

「そうですね……」

私も、スッキリはしないが、栗田先生の意見に同意しないわけにもいかなかった。

「――でも、それならそれで安心じゃないの」

と、栗田先生は立ち上って、「保健室へ戻りましょ。やっぱり、一一〇番のお世話にならなきゃ」

「ええ」

私たちは、保健室へと向った。

「――沢井先生には？」

「後で言えばいいわよ。死んでいるとなったら、当然通報しなきゃいけないんだも

の」

「そうですね」

——保健室の戸を開けて、栗田先生は、自分の机の上の電話へと歩み寄った。

私は、カーテンの向うの松山珠代の死体を……見たくはなかったけれど、つい覗き込んで——。

「——先生」

「え？」

「先生！」

「どうしたの？」

びっくりして、栗田先生がやって来る。

「あれ……」

と、指さしたのは——。

松山珠代の死体の胸に、銀色の物が突き立っていた。

「メスだわ」

と、栗田先生が言った。「棚から盗んで……。何てことを！」

栗田先生が、白いシーツで、死体をスッポリと覆った。

二人とも、真青になっている。

「――これは、どういうこと？」

と、栗田先生は、椅子にぐったりと腰をおろして、「誰があんなことを？」

私も、混乱していた。あの三人じゃないというのは、確かだが。

「――先生、でも、あの三人の先生でないとしたら、こんなことをする理由がありませんよ」

と、私は言った。「私たちが、松山さんのことを、生きてると吹き込んだから、誰かがここへ来て、こんなことをしたんです」

「そうね」

栗田先生は考え込んで、「だけど誰が、一体――」

「太田先生はトイレに行ったんですね」

「そうよ」

「この奥の、ですか」

「ええ。出て来るまで見てたわ。ここへは来られない」

「沢井先生も、事務室で電話をかけていたし……。ここへ来てる余裕はなかったわ」

「後は森山先生よ。でも、あの応接室から出なかったんでしょう？」

「ええ。分らないな。一体どうして——」

と、言いかけて、私は、ふと言葉を切った。

思い付いたことがあったのだ。

「——河口さん」

と、栗田先生も立ち上って、「何してるの？」

「窓です！」

私は、窓を開けた。「——鍵がかかってない！」

「ええ。古いから、こわれてるの。でも、それが——」

「窓ですよ。応接室の窓から外へ出て、庭を回って、この窓から忍び込む。メスで松山さんを刺して、この窓から逃げる」

「窓から……」

「見て下さい。この下」

窓の下は、植込みになっている。覗くと、枝が折れているのがよく分った。

「ほら、足跡が。——下で靴を脱いで、この窓から入ったんですよ」

栗田先生は、じっと考え込んで、

「それじゃ……」

「二人は、私たちが見てたんですもの。森山先生ですよ」

と、私は言った。

「そう。――そうね」

栗田先生は、なぜか少しぼんやりしている様子だったが、やがて、息をつくと、

「これで分ったわね、犯人が」

と、肯いた。

「どうしましょうか」

「警察へは私が知らせるわ。――河口さん、大変だったわね、あなたも」

と、私の肩を叩いて、「後は任せて。ここに残ってると、色々厄介よ」

「そうですね」

正直、私は早くここから逃げ出したかったのだ。「でも、先生、一人で大丈夫ですか？」

「大丈夫。他の先生方もいるんだもの。あなた、もう帰りなさい」

「はい。それじゃ、よろしく」

「ご苦労様。――大変だったわね」

「ええ」

私は、保健室を出ると、足早に、玄関へと歩き出したのだった。

何て妙な体験！　今になって、私は膝が震えて来るような気分を味わっていた……。

6

玄関で靴をはきかえていると、

「おい、河口君」

と、突然声をかけられて、私はギョッとした。

「あ——あの、先生、何か？」

森山先生が、立っていたのだ。

「帰るのか？」

「ええ……。後は栗田先生が」

私の顔は青ざめて、こわばっていたに違いない。

「そうか。例の松山君は大丈夫か？」

どう答えたもんだろう？　森山先生は、自分で松山珠代を刺しているのだ！

「私——よく見てないんです。栗田先生がご存知だと思います」

「そうか。ま、君も休校日に、ご苦労だったな」

と、森山先生は、ニッコリ笑った。

その笑顔が、何とも人なつっこいところがまた怖いのだ。

「失礼します！」

と、私がほとんど駆け出すように、玄関を飛び出したのも、当然だろう……。

正門が開いていた。――そこを出て、やっと、息をつく。

まるで別の世界へ来たみたいだった。

もう大丈夫。人通りもあるし、車も通る。たとえ、森山先生が追いかけて来ても――。

いや、当然、五、六分の内にはパトカーがやって来て、森山先生は連行されて行くだろう……。

私は、早く学校から遠ざかりたかった。一刻も早く……。

でも、結局、校門の見える所で、立っていたのは、なぜだろう？

終りまで見届けたい、という気持があったのかもしれない。ここまで冒険したのだから、いっそ、最後まで、と。

だけど——妙だった。

十五分たっても、まだパトカーはやって来なかった。

どうしてだろう？

不安になった。——もしや、栗田先生の身に何かあったのでは、と思ったのだ。

すると、正門から、車が出て来た。

あの車は？　じっと目をこらしていると、その車は目の前を通り抜けた。

運転しているのは、森山先生だった！　そして一緒に乗っていたのは、沢井先生だ。

——どういうことだろう？

放ってはおけなかった。

私は、校門から入って、再び、校舎へと急いだのだ。

——玄関を上り、廊下を歩いて行く。

栗田先生までが、殺されているなんてことが……。

応接室の少し手前まで来た時、私は足を止めた。

笑い声が聞こえたのだ。

笑い声。それは確かに、栗田先生のものだったが、どこか不自然でヒステリックな笑いだ。

「よくも、ごまかしていたものね」

と、栗田先生は言っていた。「おまけにあんなことをして。——救いがたい馬鹿だわ、あなたは！」

誰と話してるんだろう？　私は耳を澄ました。

「どうかしてたよ。カッとなったんだ。何もかもばらす、と言ったから」

——太田先生の声！

「まさか、あなただなんて……。何とかあの河口さんはごまかしたけど、警察はそうはいかないわよ」

「だけど、僕とあの子が付合ってたことは、誰も——」

「知らない？　ええ、確かにね」

と、突っかかるように、「私と付合ってたことも、誰も知らないわ！」

栗田先生と、太田先生が？　でも、太田先生は……。

「あの子は、森山先生がやったと思ってるのよ。私も、あなたがトイレから出て来た時、上ばきに泥がついているのを見ていなかったら、同じように考えていたかもしれない。——トイレの窓から出て、保健室へ行ったのね？」

「ああ。——確かに殺したはずだ、と思ったけど、怖くなったんだ」

太田先生が！　太田先生がやったんだ！

「初めから、あなただと分ってれば、やりようもあったのよね」

と、栗田先生は言った。「まさか、あんな子供にまで手を出してるなんて！」

「助けてくれ。何とか、切り抜けよう」

栗田先生は、ため息をついた。

「いいわ。その代り、あなたは私のものよ。分った？」

「ああ」

「――迷宮入りに持っていけば……。他の人に罪をなすりつけるわけにはいかないわよ」

「どうする？」

「死体を別の場所へ運ぶのよ。ここで殺されたんじゃないように見せるの」

「しかし、河口が知ってる」

「分ってるわ」

と、栗田先生は言った。「口をふさぐのよ」

私はゾッとした。

口をふさぐ？　――つまり、それは、「殺す」ってことだ。

思わず後ずさっていた。廊下が、キーッと音をたてる。

「誰かいるわ！」

栗田先生が廊下へ出て来る。

一瞬、顔を見合せ、私は駆け出していた。

「待って！　――追いかけるのよ！」

私は夢中で走った。

栗田先生と太田先生が追って来る。

右へ左へ、廊下を折れて、私が飛び込んだのは――。

更衣室とシャワーのある部屋だった。

まずい！　――ここは行き止りなのだ。

足音が近付いて来る。私は、逃げ場を失って、シャワーの下へ飛び込むと、カーテンを引いた。

こんなことで隠れたことにはならないけれど、他にどうしようもなかった。

「――河口さん」

と、栗田先生の声がした。「何もしないわよ。出てらっしゃい」

私は、追いつめられていた。――ガタガタ震えて、とてもじゃないが、争って逃げるなんて状態じゃなかった。

　カーテンの向うに、影が動いた。

「――どこだ？」

　と、太田先生の声。

「この辺にはいないわね。向う側かしら」

「回ってみよう」

「ええ」

　――行ってしまった？　本当だろうか。

　でも、逃げるなら今しかない。ともかくここを出ないと……。

　私はそっとカーテンを開けて、足を踏み出した。

「待ってたわよ」

　栗田先生が立っていた。反対側には太田先生。

「先生……」

「気の毒ね。――私は、太田先生を守るわ」

「どうする？」

「事故に見せるのよ。それしかないわ」

「どうやって?」

「シャワーね」

と、栗田先生は言った。

「シャワー?」

「ここの設備は古いわ。シャワーを浴びてて、間違って電気が流れて、感電する……」

「なるほど」

「そこのドライヤーを使いましょう。コンセントから引いて来て、この子を裸にして、シャワーの下へ立たせるのよ」

栗田先生の言葉は、冷静そのもので、太田先生の方が青ざめている。もちろん、私は失神寸前だった。

「服を破いちゃまずいわ。——さ、乱暴はしたくないの。自分で服を脱いで」

私は、シャワーのパイプにつかまって、辛うじて立っていた。怖くて、しゃがみ込んでしまいそうだ。

「無理のようね。押えてて。脱がせるから」

「やめて……。先生……」

悲鳴も出なかった。逆らうにも、体がこわばってしまっている。

栗田先生が、私の服に手をかけた。

「それ以上、罪を重ねるのか」

と、声がした。

ハッと振り向く。——森山先生が、立っていたのだ。

「邪魔するな！」

太田先生が向って行ったが、森山先生の一発が顎に当ると、呆気なくのびてしまった。

「先生……」

「もう大丈夫だぞ」

と、森山先生は言った。「栗田先生——」

「分ってます」

栗田先生は、肩を落として、力なく微笑んだ。「頼りない人。——そこが好きだったんだけど」

私はよろけて、思わず森山先生にしがみついていた。

「先生」

「何だ?」

「どうして戻って来たんですか」

「ああ。——ちょっと忘れ物したんだ」

と、森山先生は言った。「押収したロッカーの物の中に、いいライターがあったから、もらっとこうと思ってな」


「——彩子、あった、手紙?」

と、史江は言った。

「何よ、もう起きてるの?」

私は、ベッドに起き上って、雑誌を見ている史江に言った。

「熱、下ったの」

「良かったね」

私は、バッグから、例のラブレターを取り出した。「はい、これね」

「サンキュー!」

史江は、ベッドで飛びはねんばかりだった。

「でもね、今度から、そんな物ロッカーへ入れとかないでよ」

「ごめんごめん」

と、史江は手を合せた。

「命にかかわるんだからね」

「命に？　オーバーじゃない、少し？」

「とんでもない」

と、私は首を振って、「生徒会長は殺されるわ、沢井先生と父母会長夫人の不倫は分るわ、私も殺されかかるわ……」

「何の話？」

と、史江はキョトンとしている。

「聞きたい？」

「うん」

「じゃ、話してやる。その代り――」

「なあに？」

「私に恋人ができた時は、何でも手伝うこと！　分った？」

「分った」

「じゃ、話してあげる」

——私は、この「休校日」の冒険を話して聞かせた。

まあ、多少は脚色して、自分の活躍部分がふえたとしても、大目に見てもらうことにしよう。

何といっても——休校日を棒に振ったんだからね！

忘れものの季節

1

「暖かくなりますと、つい忘れ物をしたり、うっかりすることが多くなります。ご注意下さい」

と、明るいすみれ色のスーツを着た女性アナウンサーがカメラに向って微笑みながら、言った。

つい最近、同じ局のディレクターと朝帰りするところを、写真週刊誌に「狙い撃ち」されて、話題になったアナウンサーである。夫は普通のサラリーマン。小学生の男の子もいる。

そういえば、昨日見かけた週刊誌の広告では、このアナウンサーが、夫と別居したことが出ていたっけ……。

可哀そうだわ、と江里子は思った。なまじこんな仕事をしていれば、他の男と知り合う機会も多くなるし。

原稿をまとめていたアナウンサーは、カメラのわきにいた誰かに、何か言われたらしい。

「え？」

と、キョトンとした顔になって、「いけない。忘れちゃった！」

手で口を押える仕草が、何ともおかしく、しかも、「お忘れものにご注意」とやった直後だから、スタジオの中がドッと笑いに包まれた。

見ていた江里子も、吹き出してしまった。――どうやら、あのアナウンサーは、「お知らせをどうぞ」

と言うのを、忘れてしまったらしい。

でも江里子は、その自然な反応に、爽やかなものを覚えた。妙に取りつくろおうとしないで、素直に、しまった、という顔を見せる方が、ずっと人間的でもある。

江里子は、リモコンを手に取って、ＴＶを消した。やっと、リモコンの使い方を憶えたのである。

やってみると面白い。――こんなことを言うと、幼稚園に入るより早く、リモコンの扱いのベテラン（?）になってしまった、娘の夕香に馬鹿にされるかもしれないが、何メートルも離れて、手もとの小さな薄っぺらな箱のボタンを押すだけで、TVをつけたり消したりでき、チャンネル選びも、音量の調節もできる、というのはちょっとした快感だった。

まるで、誰かを支配している、という気分。自分の思いのままにできる（それほどのことでもないが）ものがある、というのは愉快だった。

時々、江里子は、別に見たい番組があるわけでもないのに、リモコンでTVをつけ、あちこちのチャンネルを飛ばして見たりする。

それは、一種の気晴しになるのだった。

時計を見ると、もう十時になろうとするところ。――朝の十時である。

朝、七時過ぎに夕香を学校へ出して、自分も簡単な朝食をとる。それから――本当なら、洗濯とか掃除を午前中に片付けてしまえば、後が楽なのだ。

分ってはいるのだけど……。

でも、体が言うことを聞かないのである。もちろん何か用事のある日は別だ。学校の父母会の用とか、同じクラスの母親同士での〈昼食会〉とか、親しい奥さんのお花の展示会、踊りの発表会、講演会、映画、お芝居……。

江里子は、本格的に勤めたことがない。二二歳で大学を出て、半年くらい、父親の会社で、アルバイトをしたが、それも半分遊びに行っていたようなものだ。

二三歳で、今の夫、平沢政利と結婚。一年後には夕香が産まれ、そしてアッという間に十年が過ぎた。

今、平沢は三八歳。江里子は三四歳で、夕香が一〇歳、小学校の四年生である。

それにしても……。江里子は、「母親」という仕事が、こんなに忙しいものだとは、思ってもみなかった。

大体が、面倒くさがりで、出不精の江里子だが、夕香を、「名門」と言われる女子校へ入学させたのが、そもそもの始まりであった。――夕香は、元来おとなしい子で、女子校へ行くことにも抵抗はなかった。

それに江里子自身も女子校の出だったから、夕香が、今の小学校に合格した時には、嬉しかったたし、少々得意でもあった。大学まで、何かよほどのことでもない限りは、すんなりと上れるだろうし。

しかし――全く予想もしていなかったことが、二つあった。

一つは、母親同士の付合いがやたらと多くて、週に少なくとも三日、多い時には六日、毎日出歩くはめになったこと。

そしてもう一つは、学校の、「忘れ物」や「校則違反」に対する、桁外れの厳しさだった。

女子校、それも、「お嬢様学校」として、今、世間的に名を知られつつある学校でもあり、ある程度のことは江里子も予想していた。しかし、現実は、江里子などには想像もつかないほど、厳しいものだったのである。

「でも――大丈夫」

と、呟いて、江里子は欠伸をした。「いつも、これだけ気をつかってるんですものね……」

毎朝、夕香を送り出してから、ぐったりしてしまうというのは、忘れ物がないか、ということに、いつも神経をピリピリさせているからなのである。

いくら、忘れ物をしないように、と言われても、子供はそんなに何もかも憶えてはいられない。従って、大変なのは母親なのだ。

その点、呑気ではあっても、かなり細かいことに気の付く性格の江里子は、まだ楽だった。

親しくしている、夕香と同級の子の母親は、本来が忘れっぽい性格なので、家中に、学校へ持って行く物をズラリと書いた大きな紙をベタベタ貼ってある。トイレの中にも、玄関のドアの内側にも。

亭主は、見っともない、と顔をしかめるらしいが、そんなこと、言っちゃいられないのである。

——江里子は、台所へ立とうとして、何だか動く気になれず、またTVをつけてしまった。

〈おはよう！　水曜日です！〉

という字幕に、東京の団地の風景が重なって映る。

水曜日ね。——水曜日はハンカチ検査の日。

大丈夫。きちんとアイロンを当てたのを、持たせてやったわ。いつもの通りに。

真白のハンカチでないといけない、と決められていて、どんな柄や模様も禁じられている。しかし、そんな真白なだけのハンカチなど、今時、どこにだって売っていないのである。

それに、水曜日というと……。何かあったわ。——何だっけ？

そうそう。献金をするんだ。

学校がキリスト教なので、礼拝の時間があり、「恵まれない子のために」と、献金をする。そのお金を、〈献金袋〉に入れて、持たせるのだ。

江里子は、TVを見ていた。——水曜日？

今日は水曜日？

あのTV、間違ってるんじゃないのかしら？

江里子は、座り直した。——そうだった！

今日は水曜日だったのだ！

江里子の顔から血の気がひいた。〈献金袋〉に、お金を入れて渡さなくてはいけなかったのだ！

江里子は、台所へ飛んで行った。——無意識の内に、お金を入れて渡していないだろうか？

引出しを開けて、江里子は無情に自分を見上げている、ごく当り前の封筒を見付けた。——よろけるように、江里子は台所の椅子に座った。

何てこと！　一年生の時から、四年生の今まで、一度も「忘れ物」をしたことが——いや、させたことはなかったのに！

それは江里子の努力の結果であり、誇りでもあった。それなのに……。

しばらく、江里子は、椅子から立ち上ることができなかった。

どうして、こんなことになったのか？

今では江里子も分っていた。――今週は、月曜日が休みだった。日曜日と祭日が重なって、休みになったのである。

そのせいで、一日、週の始まりがずれていて、江里子に錯覚を起こさせたのだ。

「何てこと……」

と、江里子は、力なく呟いた。

おそらく、はた目には、江里子の意気消沈ぶりは、こっけいなものに見えただろう。たかが、小学生の忘れ物じゃないか。そんなに深刻に悩むことなんかあるまい……。

それは、部外者の意見である。

何しろ、夕香の通っている学校では、ハンカチやちり紙を忘れただけで、朝礼の時、全校生徒の前に呼ばれて、立たされる。廊下を走ることも、もちろん禁じられていて、もし走っているのを見付かったら、一日、校長室で正座させられる。

宿題をやって来ないと、両親が学校に呼び出される。遅刻など、とんでもないことである。

夕香は、約四十分も余裕を見て、家を出ている。電車通学なので、途中、事故で電車が遅れることを計算に入れてのことなのである。

電車の事故で遅れた、というのは、正当な理由にならない。先生たちに言わせれば、

「電車は遅れるもの」

なのだから、それを見こして、早く家を出なくてはならないのである。

しかし――よりによって、礼拝の献金袋を忘れるなんて！

夕香は、おとなしく、気の弱い子だ。礼拝の時間、みんなの前に立たされて、忘れものをしたことを、反省しなくてはならない。

どんな思いをするだろう……。

――礼拝の時間？

江里子は、ハッとして、時計を見た。

十時十五分……。

礼拝の時間は、確かお昼休みの後だ。それまでは、献金袋を忘れて来たことは、少なくとも先生には分らない。夕香は気が付いているかもしれないが。

それまでに、何とかできないだろうか？

忘れ物を、親が後から届けることは、もちろん認められていない。たとえ、他の用事にかこつけて、夕香を呼び出したとしても、先生の目につかないように、献金袋を渡すことができるかどうか……。

そんなところを見付かったりしたら、それこそおしまいだ！

「でも——何とかしなきゃ」

と、口に出して言いながら、江里子は立ち上った。

そうだわ、まだ時間がある！

何とかして……。夕香が、友だちの前で立たされるのを、何とかして防がなくては——。

「やってみせるわ」

と、決然と言って、江里子は台所からほとんど走るような勢いで、飛び出して行った……。

2

電話が鳴ると、江里子は飛びつくようにして、受話器を取った。

「もしもし」

「江里子か」

「あなた、待ってたのよ」

と、江里子は言った。

「どうしたんだ？　ポケットベルで呼び出したりして……」

「今、どこにいるの？」

と、江里子が訊くと、平沢政利は、ちょっと面食らったように言った。

「今？　――外を回ってる。仕事だからな。どうしてだ？　何かあったのか」

「ね、実は困ったことになったの」

と、江里子は早口で、「夕香に、今日の礼拝の時間に出す、献金袋を持って行かせるのを、忘れちゃったのよ」

「そうか。――それで？」

「礼拝の時間は、午後の最初なの。それまでに何とか――」

「おい、待てよ」

と、平沢は遮って、「俺はだめだ。これから回らなきゃならない所が四つもある。しかも、四つとも、『午前中』に来てくれって所ばっかりだからな」

「誰も、学校へ行ってくれ、なんて頼んでないわよ。忘れ物を親が届けたなんて後で分ったら、それこそ退学もの」

「じゃ、どうしろって言うんだ？」

「ね、考えたの」

と、江里子は言った。「今から届けるのは無理だと思うし、間に合っても、渡せないと思うの」

「ふむ。——ま、いいじゃないか。たまにゃ忘れることもあるさ」

と、平沢が言うと、江里子はムッとした。

「そんな呑気なこと言って！」

「だけど、届けられないんじゃ仕方ないじゃないか」

「そこを何とかするのよ」

「どうやって？」

「ね、今日、会社を休めない？」

「何だと？」

平沢は、訊き返した。「もう出社してるんだぞ」

「分ってるわよ。でも、仕事の途中で、具合が悪くなって、帰るってこともあるじゃないの」

「分らんことを言うなよ。俺は健康そのものだ。いいか、切るぞ。忙しいんだ」

「待って！　待ってよ！」

と、江里子はあわてて言った。「ね、夕香の学校は、忘れものに、凄くうるさいの。あなただって、知ってるでしょう？　このせいで夕香が登校拒否にでもなったら、どうするの？」

「大げさな奴だな」

と、平沢はため息をついた。「俺が会社を早退したからって、どうして忘れものが届けられるんだ？」

「届けられやしないわ。私がね、タクシーで学校へ駆けつけて、夕香を連れて帰るの。礼拝の時間になる前に。そうすれば、献金袋を忘れたことが、知れずにすむわ」

「それなら、それで――」

「口実がいるのよ！　ちゃんとした理由がなくちゃ」

と、江里子は苛々しながら言った。「父親が急病で倒れたってことにすれば、夕香を早退させてもおかしくないわ」

少し間があって……。

「おい」

と、平沢は言った。「つまり、仮病を使うのか？」

「本当に入院してくれなくてもいいわ」

「当り前だ」

と、平沢は不機嫌な声を出した。「いいか、お袋がいつも言ってたんだ。『病気の嘘をつくと、それが本当になるよ』ってな」

「お義母さんのことなんか、話してないでしょ。問題は夕香よ。あなただって、あの学校へ入れるために、どんなに苦労したか、分ってるでしょう?」

「もちろんだ。いくら払ったかもな」

入学金だけでなく、後の寄付金で、平沢家は大分はり込んでいた。

「だったら、分るでしょ。これで夕香が学校をいやとか言い出したり、先生方ににらまれるようになったら、苦労も水の泡じゃないの!」

「しかし――」

平沢は、呆れたように、「たかが子供の忘れものだぞ。考え過ぎじゃないのか?」

「あなたは無関心過ぎるのよ!」

と、江里子は言い返した。「毎朝、毎朝、私がどんなに神経を使って、あの子が忘れものをしないように気を付けているか、あなたなんかには分らないでしょ」

「おい、落ちつけ。――分ったよ」

と、平沢は、諦め口調になって、「じゃ、学校へ行って、そう言えばいいじゃないか。どうにでもしろ。交通事故に遭ったことにしようと、飛行機にぶつかったことにしようと、文句は言わないよ。しかし、別に俺が本当に早退しなくたっていいだろう」

「あなた。——あの学校はね、子供が誘拐されることを、一番用心してるの。何があっても、必ず確認の電話をするわ」

「しかし、お前が行けば……。母親が迎えに行きゃ、文句あるまい」

「たぶんね。でも、万一、あなたの会社へ確認の電話を入れたら？　嘘がばれたら、何もかもおしまいなのよ」

「なあ、いいか」

と、平沢は言った。「俺は遊んでるわけじゃない。仕事をしてるんだ。この仕事で、お前や夕香の生活を支えてるんだぞ」

「何を言い出すの？　今、そんなこと言ってる時じゃないでしょう」

「いや、そうじゃない。——夕香が、忘れもので叱られたって、それも人生経験だ。そうだろう？　世の中にゃ、そういうこともあるんだ。忘れたら、それなりの罰を受ける。——それが当然だ」

「あなた——」

「いいから聞け。俺が入院したってことにして、夕香を連れ出すのはいい。しかし、夕香は嘘をつくことになるんだぞ。これから、何かあるごとに、嘘をついて、ごまかそうとするだろう。それを叱れるか？　俺とお前が、嘘のお膳立てをしたんだと夕香も知ってる。そうなったら、夕香が嘘をついても、叱ることもできなくなるぞ」

平沢は、一息ついて、「どうだ？　俺の言うことは間違ってるか？」

と、訊いた。

「ご立派な意見よ」

と、江里子は冷ややかに言った。「つまり、あなたは協力してくれない、ってことなのね？」

「その方が夕香のためだ。長い目で見れば——」

「分ったわよ」

江里子は、かぶせるように言った。「じゃ、もう結構。こっちで何とか考えるわ。あなたはせいぜいお得意さんを回って、仲良くするのね。我が子より大切なくらいだから、さぞすばらしいお得意さんなんでしょ」

「おい、江里子——」

「お仕事の邪魔してごめんなさい」

江里子は叩きつけるように、電話を切った……。

「――いてえな、全く」

平沢は顔をしかめて、「ヒステリーめ!」

と呟くと、受話器を戻した。

まだ頭に、ツーンという音が鳴り渡っているようだ。平沢は頭を振った。

「――何事なの?」

と、声がした。

振り返ると……。バスタオル一つ、身にまとって、少しほてった顔の三好今日子(みよしきょうこ)が立っていた。

もちろん、ここは平沢の外出先だが、得意先のオフィスでも、息抜きに入った喫茶店でもなかった。そんな所に、バスタオル一つしか身にまとっていない女がいるわけもない。

平沢は、ホテルの――昼間から大いに繁盛しているラブホテルの一室から、電話していたのである。

ポケットベルで呼ばれた時には、一瞬ギクリとしたものだ。

一つの得意先には、

「次の約束が――」

と言って、早々に退散し、次に回る所へは、

「急な仕事が入って」

と、言い訳してある。

その矛盾が何かの拍子にばれて、呼び戻されたのか、と思ってドキリとしたのである。

しかし、そうではなかった。妻の江里子からと知って、ホッとしたのだが、実際は、それどころじゃなかった。

「――奥さんでしょ？」

と、三好今日子は言って、広いベッドに腰をおろしている平沢の隣へ来て、座った。

湯上りの、爽やかで、どこか色っぽい匂いが、今日子を包んでいる。

「ああ。――困ったもんだ。娘のこととなると、理屈じゃないんだからな」

と、平沢は肩をすくめた。「ま、いいさ。別に、我々のことを気付いたというわけじゃないし」

そう言って、今日子の裸の肩を抱き、キスする。今日子は、大人しくキスされるま

まになっていたが……。

「嘘をつくのは良くない、なんて、よく言えるわね」

と、冷やかすように言った。

「こういう嘘は仕方ない。お互い、傷つけないためだ」

「ちょっと勝手な理屈じゃない?」

「そうさ。恋してる男なんて、勝手なもんだよ」

平沢はもうネクタイを外していた。ワイシャツのボタンを外しながら、

「時間が惜しい。——そうのんびりもしてられないからな」

と、今日子をベッドへ押し倒した。

「ちょっと——まだ体が濡れてるのよ。ね、ちょっと……」

今日子の声は、徐々に小さくなって消えた。

——三好今日子は、平沢と同じ会社にいるOLである。二七歳。もちろん、独身だ。

二人の仲は、この半年ほど続いている。

二人とも用心深い性質だし、特に今日子は年齢の割にも、うわついたところのない、地味な感じの女性なので、社内でも、まず誰にも知られていないという自信があった。

それに、二人は仕事上、ほとんど顔を合わせることがないので、それだけ人目につ

く危険も小さかったのである。

ただ、忙しい平沢にとって、今日子と会う時間を作るのは、なかなか容易なことではなかった。今日子も、二七歳ともなると、そう好きなように休みは取れない。

今日は、ほぼ一カ月ぶりで、平沢も昼間、二時間の自由な時間をひねり出し、今日子もうまく休暇を取ることができた。

やっとの思いで作り出した好機である。

平沢が江里子の頼みを聞こうとしなかったのは、この一時を、失いたくないせいでもあったのだ……。

——限られた時間。

既に、互いに慣れた二人にとっては、時間がないことが、逆に情熱を燃え立たせてくれるようだった。特に、平沢は、まるで、エネルギーのあり余る若者のように、今日子を愛した……。

「——少し休みましょう」

と、息を弾ませて言ったのは、今日子の方だった。

「いや、時間がもったいないよ」

「大丈夫。まだ三十分しかたってないわ」

と、今日子は笑って、「凄い張り切りようね。何かあったの?」

「そりゃ、君とこうして寝るのが、一カ月ぶりだからさ」

仰向けになって、平沢も、大きく呼吸をした。「――やっぱり一休みするか」

「そうよ。何か飲む? 冷蔵庫から出しましょうか」

「そうだな。しかし、アルコールはまずい」

「当り前よ。私は喉がかわいたわ」

「うん。――じゃ、何かジュースかコーラをくれ」

「ええ」

今日子はベッドを出て、バスタオルを拾って裸身に巻きつけると、冷蔵庫へと歩いて行った。

「――不思議だなあ」

と、平沢は言った。

「何が?」

「女房を相手にしてる時には、すぐばてちまうのに、君とだと、いくらでも頑張れるんだよ」

「やめて」

と、今日子は少し強い口調で言った。「奥さんとのことなんて、私に話すもんじゃないわ」

「すまん」

今日子は、グラスに、コーラを注いだ。それを平沢へ手渡しながら、

「さっきの電話だけど」

「何だい？」

「何か忘れものをしたの？　夕香ちゃんが」

「うん」

と、平沢は肩をすくめて、簡単に説明してやった。

「そう……」

今日子は肯いて、「大変ね、それは」

「オーバーなんだよ」

と、平沢は苦笑した。「あいつにとっちゃ、子供と、学校のＰＴＡの付合いが総(すべ)てなのさ。だから、何でもないことが、大事件に見える」

「そんなことないわ」

と、今日子が首を振った。

「何が?」

と、平沢は戸惑った。

「――奥さんの心配、よく分るってこと。私も女子校だったのよ」

「そうか」

と、平沢は目をパチクリさせて、「初めて聞いたな」

「そうでしょ。言ったことないもの」

今日子は微笑んで、「私の出た学校は、そんなに厳しくなかったけど、話は色々聞いたわ。うるさい学校は、本当に凄かったみたいよ」

「しかし、そのために嘘までついて……。やり過ぎだよ」

「もちろん、私も、奥さんの考えが正しいとは思わない。でも、そうするのが間違いだから、やめろ、って言うのは、ただの理屈よ」

「もう、その話はよそう。――旨(うま)かった」

平沢は、息をついた。「じゃ、ちょっと一旦汗を流して来る。君は?」

「いいわ。――眠くならない?」

と、今日子は訊いた。

途中でシャワーを浴びて、また愛し合うと、疲れが出るのか、よく平沢は眠り込んでしまうのである。

「もし眠ったら、起こしてくれよ」

と、言って、平沢はバスルームへと入って行く。

「いいわ……」

彼を起こすためには、私は眠っていられないのだ。どんなに満足し、そのまま休みたくても……。

私は、目覚まし時計なのかしら、と今日子は思った。彼の、遊び相手で、かつ目覚まし時計……。

――今日子の目が、デジタル時計に向く。

十一時だ。

夕香が忘れものをした、その「礼拝の時間」は、午後一時からだという。

もし、本当に、彼が具合悪くなったら……。いえ、そんなことでなくても、眠って起きなかったら?

どうなるだろう?

もちろん、そんなことはあるはずがない。――起こるはずがない……。

3

やった、と夕香は思った。

これで決り。——京子に勝った！

夕香は、得意げな表情にならないように、わざと顔をキュッとしかめて見せた。

最後の和音を、力一杯叩く。フウッと息をつくと、クラスの子たちの間から、パラパラとだが、拍手が起きた。

これは別に演奏会じゃないのだから、今の拍手は、

「うまい！」

と感心しての、思わず出た拍手なのである。

夕香はピアノの前から離れて、先生の顔を見た。——先生は満足そうに肯いて、

「いいわね」

と、言った。「ずいぶん練習したでしょう？」

夕香は、ちょっと首をかしげて見せて、

「少し……」

と、照れたように言った。

もちろん、今日のために、猛練習したのだ。でも、そんなこと、いちいち人前で言うもんじゃない。

「はい。じゃ、席に戻って」

と、先生は言った。「次は？　――もう終りだったかしら」

席へ戻りながら、夕香はチラッと、京子がとてもかなわないから、と出るのをやめるんじゃないかしら、と考えた。しかし、

「私です」

と、京子が自ら立ち上った。

「ああ、そうそう。京子ちゃんだったわね」

と、先生は笑って、「うっかりしてたわ。ごめんなさい。じゃ、弾いてみて」

「はい」

小柄な夕香と比べても、さらに小柄でほっそりとした小谷京子は、チョコチョコとピアノの方へ歩いて行った。

夕香は、ほとんど心配していなかった。京子の腕がどれくらいか、夕香も知っている。

手い。

このクラスで、ピアノを弾かせたら、夕香と京子が、他の子と比べて飛び抜けて上手い。

しかし、クラスに二人も上手い子がいる、ということは、時には厄介の種だった。

たとえば、今度のことでも、どっちがピアノを弾くか、先生だって決めかねてしまっているのだ。

——もう「その日」は来週に迫っていた。

外国からの大切なお客様を、この学校に迎えるのだ。学校を代表して、小学生のコーラスを聞いてもらうことになって、そのための「コンテスト」があった。

四年生から六年生までの各クラスで、コーラスの上手さを競ったのである。その結果、夕香のクラスが一位になり、当日、コーラスを披露することになった。

一番下の四年生が代表になったのは、一つには担任の古田先生が、音楽の教師だったせいもあるだろう。三年生から、クラス替えもなく、持ち上りで来て、担任も、そのまま。

おかげで、夕香のクラスは、年中コーラスをやらされていて、もともと歌の上手な子が何人も入っていたせいもあり、コンテストで一位になったのである。

ただ——問題は残っていた。

誰がピアノ伴奏をするか、である。

当然、クラスの中にも、ピアノを習っている子は多い。――というより、習っていない子の方が遥かに少ないだろう。

誰に伴奏させるか。――古田先生は、困ってしまって、この伴奏のパートを、クラスの中の四人の子に練習させ、今日、弾き比べをさせて決めよう、ということになったのである。

でも、クラスの誰もが知っていた。

一応四人、選ばれてはいるが、実際には、夕香か京子か、二人の内のどっちかが選ばれるに決っていることを。

そして、今、夕香が三番目に弾いて、前の二人とは段違いの、立派な演奏をしたところだった。

――勝った。京子に勝った。

夕香は、大きく息を吸い込んだ。小さな胸は、誇らしげにふくらんだ。

京子がピアノの椅子の高さを調節する。そして、ピッと背筋を伸して、ピアノに向った。

古田先生は、五十代の半ばにさしかかった、ベテランの女教師である。夕香は、先生に気に入られていた。

夕香が、みごとな演奏をしたので、古田先生もホッとしている様子。これなら、夕香を選んでも「ひいきしている」と思われずにすむからだ。

　さて、京子が弾き始めた。――きれいな音だ。夕香も、京子が上手いということは、よく分っている。でも、もちろん、私ほどじゃない……。

　京子が弾き進めて行くと、教室の中の空気が変って来た。

　――上手い！

　京子の演奏は、これまで何度か、音楽の時間に、みんなの前で弾いたのに比べ、別人のように、力強くて、みごとだった。

　少しくたびれた様子で、椅子にもたれて聞いていた古田先生が、椅子から離れた。顔に、驚きの表情が浮んだ。

　――夕香は、自分の耳が信じられなかった。

　いつの間に、京子はこんなに上手くなったんだろう？　夕香が手こずった変拍子のところも、京子はいとも楽々と弾いて行く。

　こんなこと！　――こんなことって、ないよ！　あんなに一生懸命やったのに！

　京子は、テンポが乱れることもなく、最後まで弾き終えた。

また、教室の中に拍手が起きた。

それも、さっきの夕香の時とは比べものにならない、はっきりした拍手が……。

たちまち、拍手はクラス中に広まった。

もちろん、夕香一人を除いて、だが。

京子は、頬をほてらせて、立ち上ると、クラスの子たちをサッと見回した。京子がチラッと夕香の方を見た。

夕香の顔から血の気がひいた。――京子はごく当り前に見ただけなのかもしれないが、夕香には、京子が自分のことを見下し、馬鹿にしているように見えたのだった。

「――すてきだったわ」

と、古田先生が、京子の肩を叩く。「席に戻って」

「はい」

京子は、嬉しそうに微笑んで、席へと戻って行った。

夕香は、クラスが静まり返り、みんなの目が自分の方へ向いているように感じた。

「――四人とも、とてもよく弾けました」

と、古田先生は言った。「誰がやっても、立派に伴奏はできるでしょう。でも、四人全部に伴奏してもらうわけにはいかないので、やっぱり、一人選ばないとね」

クラスの中は、咳払い一つなく、静かだった。——こんなこと、本当に珍しい。

「先生が一人、選びます。それから、万一、その人が弾けなくなったりした時のために、もう一人。当日、風邪を引いたり、けがをしたりすることもありますからね。

——お昼休みに、発表します」

終業のチャイムが鳴った。古田先生は、

「はい、それじゃ」

ポンと手を叩く。——一斉にみんなが立ち上った。

夕香は、少し遅れて立った。

この後、四時間目の授業があって、それからお昼休みだ。

でも——夕香にもよく分っていた。

聞くまでもない。代表は小谷京子で、その「万一の時の代り」が、夕香だ。クラス中、誰もがそう思っているに違いなかった。

休み時間に入り、女子校とはいえ、みんながたちまちガヤガヤと騒ぎ始めても、夕香は、何も手につかず、ぼんやりと自分の席に座って動かなかった……。

何とかする。——そう言って、電話を切ってしまったものの、江里子にも、これという考えがあるわけではなかった。

夫の言い分の冷淡さに、腹が立って、ああ言い切ってしまったのだ。

しかし――本当に、何か方法はないだろうか？

父親でなく、祖父母が急病、とか言ってもいいのだが、あいにく平沢も江里子も、両親はすでに亡く、その辺のことも、学校側に入学時に提出する書類に、書き込んであるのだ。

もちろん、そんなことまで、学校は調べないかもしれない。しかし、万一……。

「だめだわ」

と、江里子は呟いた。

そんな危険を犯すくらいなら、まだ忘れものをした、というので叱られるだけの方がましである。

「――あの人ったら！」

怒りは、非協力的な夫へと向けられた。「見てらっしゃい！　許さないから！」

大体、冷たい人なんだから。――そうよ。忙しい忙しい、と言って、休日もほとんど家にいない。

本来なら、学芸会も、父母面談も、父親と母親、二人揃って行くべきなのだ。大部分の——というのはオーバーでも、七割方の家は、両親で顔を出す。父親が海外に赴任しているとか、入院中とか、よほどの事情がない限り、母親だけが行くということはないのである。

中には、担任の教師と、五分ほど面談するだけのために、休暇を取って、ニューヨークから帰国する父親もあるのだ。

そんな中で、

「忙しいんだ」

というだけで、江里子一人に行かせている平沢は、むしろ珍しい存在だった。

と、江里子は八つ当り気味に、「女でも作ってるのよ、きっと」

「——何で忙しいんだか!」

まさか、それが的を射ているとは、思ってもいない。

カッカしている内に、十一時になってしまった。

本当に、何か考えなくては……。

江里子は、ともかく学校まで行ってみようか、と思った。あの献金袋に、お金を入れて。

何かの拍子に、夕香と会うことだって……万に一つの可能性でしかないだろうが……。

江里子が外出の仕度を始めたのは、本当に学校まで行ってみるかどうかはともかく、何かしていないといられない気分だったからだ。

献金袋に、お金を入れる。――ほんの百円とか二百円なのだが……。

お金だけなら、夕香も持ち合せている。しかし、この、学校の名と、〈献金袋〉の文字が印刷された封筒に入っていなければ、何の価値もないのである。

その封筒をハンドバッグに入れる。――すると、玄関のチャイムが鳴った。

誰だろう？　――夫だろうか？

さっきの言い方を後悔して、早退して来たのか。それとも、夕香が、熱でも出して帰って来たのだろうか。

それなら、〈忘れもの〉はしなかったことになる。

江里子は、急いで玄関へと飛んで行った。

ドアを開けると――。

「何だ、姉さん、誰かも開けずに開けちゃ、危いよ」

目の前に立っていたのは、江里子の弟、石川実（いしかわみのる）だった。

「――何だ、あんたなの」

と、江里子は、がっかりして、「どうしたのよ」

「何かあったの?」

と、石川実は、上り込むと、「出かけるとこだったのか」

「ちょっとね」

と、江里子は肩をすくめて、「何なの? 特別用がなかったら、出直して」

「用は……ないでもないし、あるでもない、と」

実は、ちょっと照れたように笑った。

「――また、お金?」

江里子は苦笑した。「いい加減にしてよ。この前、貸したばっかりじゃない」

「この間、女の子にパーッとおごったら、なくなっちゃった」

と、実はアッサリ言って、ソファに寝そべった。

「だめな子ね、全く」

と、江里子は首を振った。「ともかく、今日はだめ。帰ってよ」

「いいよ。出かけても、夕香ちゃんが帰るまでには、戻るんだろ? 待ってるよ。別に行くとこもないし」

実は二八歳。生来怠け者で調子がいい。

甘えん坊の面影が抜け切らず、仕事も、何をやっても長続きしない。それでいて、いつも結構おしゃれをし、のんびり暮している。

江里子にとっても、たった一人の弟であり、頼まれると、ついこづかいを渡してしまう。

「その夕香のことで大変なのよ。今日は帰って」

と、江里子が言うと、実は起き上って、

「何かあったの?」

と、訊いた。「補導でもされたのか。男の子と歩いてて」

「小学生よ、夕香は」

と、江里子は弟をにらんだ。「そんなことじゃないの。ともかく困ってるのよ。だから――」

江里子は、ふと言葉を切って、実を見ていたが……。

「ね、実」

「何だい?」

「あんたがいいアイデアを出してくれたら、たっぷりおこづかい、あげてもいいわ」

実は目を輝かせて、身を乗り出すと、

「何だって出すよ」

と、言った……。

4

やっぱり眠ってしまった……。

今日子は、ベッドに体を起こして、平沢の寝顔を見ていた。

時計に目をやると、十一時半を、少し過ぎている。——十二時には、平沢はこのホテルを出なくてはならないのだ。

後の身支度を考えれば、眠っている余裕はないはずで、今日子が起こしてくれると安心しきっているのだろう。

でも……。今すぐ起こさなくても。

あと十分ぐらいしてからでもいいだろう。その間に、今日子はシャワーでも浴びておこうか、と思った。

でも、別に私は急ぐわけじゃないのだ。どうせ休みを取っているのだし。

——急に、涙がこみ上げて来て、今日子は自分でもびっくりした。

このわずかな時間に、あわただしく今日子のことを愛して、また行ってしまう、平沢。そんな男と、いつまで、こうしていなくてはならないのだろう?

今日子は、そんな思いを振り切るように、ベッドを出て、シャワーを浴びに、バスルームへ入って行った。

カーテンを引いて、シャワーのコックをひねる。

温度調節が、低い方へ回し切ってあった。冷たい水をかぶって、今日子は思わず、

「キャッ」

と、声を上げた。

あわててシャワーを止め、温度調節を四十度近くまで上げた。

その時——突然、鋭い痛みが、今日子の胸を突き刺した。

声も出せずに、浴槽の中で膝をつく。——何だろう? こんなこと、今までなかったのに……。

息ができないほどの、烈しい痛みで、今日子は喘いだ。

ギュッと、浴槽のへりを握りしめて、唇をかむ。

裸のまま、じっとうずくまり、痛みがおさまるのを待った……。

少し——少し楽になった。

いや、まだ……。でも、少しは……。

そう。——呼吸ができる。何とか。

涙が、頬を伝って落ちた。痛みのあまりに、涙が出て来たのだ。

今日子は、ゆっくりと息を吸っては、吐いた。胸に、まだ痛みがこだまのように残っている。

じっとうずくまったまま、何分たっただろう？

体は、水をかぶったままなので、冷えてしまって、寒かった。早く、お湯をかぶるか、でなければ、タオルで体を拭いて、服を着るのだ。

そうしないと、また……。

心臓だろうか？——見当もつかなかった。

会社の健康診断で、どこか悪いと言われたことはなかった。

もちろん、あんな健康診断だけで、どこもかしこも、調べられるわけではない。

でも、今までにこんなことは一度もなかったのだ。——冷汗すらかいている。

何とか、ベッドに戻って……。毛布にくるまれば、きっと……。

そろそろと立ち上る。また胸がチクリと刺すように痛んだが、それきりだった。

——大丈夫らしい。

息をついて、今日子は、浴槽を出て、バスタオルの新しいのを手に取った。

濡れた体を、こするように拭う。――ショックだった。

体の点では自信があったのに……。

バスルームを出て、今日子は、ベッドへと歩いて行った。――平沢は、まだ眠っている。

時計を見ると、もう十一時五十分だった。平沢を起こさなくては。今日子は、平沢の肩に手をのばした。

その時、また強烈な痛みがやって来た。

声も上げられない。今日子は、胸を押えて、ベッドの上で転げ回った。

お願い！　起きて！　――助けて！

助けを求めて、言葉にならない言葉をくり返した。

しかし、平沢はぐっすりと眠り込んでいて、今日子がベッドから転り落ちたのにも、気付かなかった……。

夕香は、〈点検表〉を手に立ち上った。

十二時五分前である。

面白くも何ともない仕事で、夕香は大嫌いだった。——しかし、保健委員であるからには、やらないわけにはいかないのだ。

「先生」

と、夕香は、気付かずに授業をしている若い男の先生に声をかけた。

若いから、熱心なのだが、ちょくちょく時間をオーバーしてまで授業をやるので、生徒の間では、評判が良くない。

「何だ？」

「今日は〈点検日〉なんです。五分前ですから」

先生の方は、ちょっとポカンとしていた。まだ、学校のやり方をよく分っていないのである。

「——ああ、そうか。ハンカチとちり紙か。分った。お前、係か」

見りゃ分るでしょ、と言いたくなったが、じっとこらえて、

「そうです」

と、返事をする。

「よし。——みんな、ハンカチとちり紙を机の上に出して」

教室の中がざわつく。

こんなことで引っかかる子なんて、めったにいない。特に、水曜日が〈点検日〉だというのは、誰だって分っているのだから。

決った日以外でも、たまに抜き打ちで検査することがあるから、みんな用心していた。

「じゃ、見て行きます」

と、夕香は言って、クラスの端の列から、ゆっくりと歩きながら、机の上に並べられたハンカチとティシューを見て行った。

ハンカチは、ただ洗ったきれいなもの、というだけでなく、色のついたもの――薄いブルーだけはいいのだ――とか、柄のあるものはだめ。

その辺をチェックしていくのも夕香の仕事だが、実際、「だめ」という子はほとんどいないので、面白くも何ともない、というわけである。

二列目、三列目、と問題なく進んで……。

四列目の一番前まで来て、夕香は足を止めた。――そこは、小谷京子の席だった。

京子が、青ざめた顔をしている。机の上には、真白なハンカチだけが置かれていた。

まさか……。こんなことってあるだろうか？　夕香の胸が高鳴った。

「小谷さん、ちり紙は？」

と、夕香は訊いた。

京子は、ちょっと目を閉じて、それから小さな声で、

「忘れました」

と、言った。

夕香は点検表に赤のボールペンでチェックを入れた。

これはすぐに担任の先生の手もとに行く。この学校は、「忘れもの」にはとてもうるさいのだ。

やった！　――これで、間違いなくピアノ伴奏は夕香に回って来る。

列の間を歩きながら、夕香は、思わず笑みがこぼれるのを、押え切れなかった。

「――終りました」

と、席に戻って、夕香が言うと、昼休みのチャイムが鳴り渡った……。


「――お昼だわ」

と、腕時計を見て、江里子は言った。

「結構早く着いたね」

と、石川実はのんびりと言って、「あれが学校？」

「そうよ。――どこから電話するの?」

「電話ボックスがないかと思って捜してるんだ」

レンタカーを、実は運転していた。

――穏やかな日で、風もなく、車の中は、暖かかった。助手席に乗っている江里子など、こんな時なのに、つい眠気がさして来るぐらいだ。

もう、夕香はお弁当を食べているだろう。――毎日、江里子が苦労して作っているお弁当を。

大体、江里子は料理というやつが得意でない。平沢と結婚する時も、ほとんど料理などしたことがなくて、新婚生活第一日の夕食の仕度は、電話で、実家の母にリモートコントロールしてもらって(?)やっとこしらえたものだ。

その江里子が、今は毎朝夕香のお弁当を作っている。――亡くなった母が知ったら、目を丸くするかもしれない。

夕香の学校は、ともかく、お弁当の中身にまでやかましいのだ。

何だか知らないが、今の校長が、

「お米のご飯こそ、健康の素」

という信念の持主らしく、お弁当は必ずご飯でなくてはならない。

おかずも三種類以上。野菜を多めに、フルーツを別の容器でつけること。

今でこそ、なくなったが、一、二年生のころには、担任の先生が毎日、お弁当の中身を見て回り、あれこれ「意見」がついて来たものである。

江里子は、前もって、そういう雰囲気を知人から聞いていたので、用心していたが、それでも、五、六回は注意をされた。

江里子の知っている奥さんの中には、とても自分ではやれないというので、夫の部下の家に、回り持ちでお弁当を作らせている人がいたくらいである。

江里子も、最近はようやく慣れて来て、文句をつけられずに、しかも手を抜く、というこつを憶えて来た……。

——夕香は、もう献金袋を忘れたことに気付いただろうか？

もし気付いていたら、お弁当を食べるどころじゃないだろう。

落ちついてね、夕香。忘れたと分っても、騒がないで。ママが必ず何とかしてあげるから……。

お弁当を、あまり残したりすると、先生に、どうしたのか、と訊かれる。それで、献金袋を忘れたと言ってしまうと、おしまいだ！

江里子は、祈るような思いで、目を閉じた。

「——あった」

と、実は言った。

目を開くと、電話ボックスが、道端に誰かが置き忘れたように、春の陽射しを受けて、立っている。

「——人目もないし、ちょうどいいや」

と、実は言った。

「学校の裏手辺りね」

と、江里子は周囲を見回して、言った。

「姉さんは、ここで待ってろよ」

と、車を停めて、実は言った。

「行くわ、一緒に」

江里子も、じっとしてはいられなかったのである。

幸い——と言うべきかどうか——夕香は、何も気付かないまま、お弁当を食べ終えていた。

もともと、夕香は小食な方だが、その辺、ママがちゃんと「適当な量」を心得ていてくれる。それに――。

夕香は、チラッと京子の方へ目をやった。

そう。お昼休みに、先生が発表したのだ。

ピアノ伴奏は、夕香に決った。京子は、万一の時のための「控え」。

ちり紙を忘れたぐらいだったから、「控え」でも残してくれたのだが、実際、もっと大切な物を忘れたのだったら、それからも外されていただろう。

でも、そんなことはどうでも良かった。

ともかく、私に決ったんだから。――勝ったんだ！

夕香は、いい気分で、お弁当を食べ終えたのだった。

そして、空になったお弁当箱を、きちんと包んで、鞄へ戻した。

「今日はいくら？」

「百円よ。いつも、そんなに出したって、しょうがないじゃない」

近くで話す声が聞こえて来る。

あ、そうか。――礼拝だわ、午後の初めの時間は。

献金袋、献金袋……。

夕香は、鞄の中の、いつもママが献金袋を入れておいてくれるポケットをあけた。

――入ってない。

変だな、と思った。ママ、どこへ入れたのかな。

夕香は、鞄の中を捜してみた。――どこにもない。

どこにもない？

まさか……。ママが忘れるなんて……。

夕香は、ちょっと周りを見回した。――大丈夫。みんな、あちこちで固まって、おしゃべりしたり、こっそり持って来たカセットを、ウォークマンで聞いたりしている。

夕香は、鞄の中を、隅から隅まで、ゆっくりと捜してみた。外側にもポケットがついていて、そこも、もちろん捜した。はた目には、そう必死で何かを捜している、とは見えなかっただろう。

しかし――鞄の中を見るのに、そう時間がかかるわけじゃない。

――どこにも入っていない。

忘れたのだ！　夕香は、顔から血の気のひくのが分った。

よりによって、こんな日に、忘れるなんて！

献金袋を忘れることは、大変なマイナスになる。ちり紙どころじゃないのだ。

京子が、ピアノ伴奏の役に決るだろう。そして、夕香は、「控え」にも残れないに違いない。

いやよ、そんなの！　冗談じゃない！

忘れたのはママなんだからね！

しかし、そんな言いわけが通用しないのは夕香だって分っている。

何とか――何とかならないかしら？

お金は持っている。でも、献金袋がないのだ。

袋には、別に名前が入っているわけじゃない。でも、みんな一つしか持っていないのだから、それを貸してくれる物好きはいないだろう。

自分がこっぴどく叱られることになるのだから……。

絶望的な気分で、夕香はクラスの中をゆっくりと見回した……。

「もしもし――」

と、実は言った。「――ちょっと知らせたいことがあるんだがね」

「はあ？」

電話に出た女性事務員は、面倒くさそうに声を出した。「どちら様ですか」

「お宅の校舎に爆弾をしかけたからね」

と、実は低い声で言った。

「何とおっしゃいました？」

「爆弾だよ、爆弾！　学校に爆弾をしかけたんだ。分ったかい？」

「はあ……」

「早く逃げないと爆発するぜ。ドカン、とな。じゃ、それだけだ」

「あの――」

実は電話を切った。

と、実は首を振った。

「――やれやれ、ぼんやりしてるな、全く」

「本気にしたかしら？」

と江里子は言った。

「大丈夫。――さ、出ようよ」

二人は、窮屈なボックスから出ると、車へ戻った。

「正門の近くへ行っていよう。生徒たちを真先に退避させるだろうからね」

「本当にうまく行くかしら」

と、江里子は不安げに呟いた……。

5

何が起ったんだろう?

夕香だけでなく、生徒たちの誰もよく分らなかった。

みんなが、おしゃべりしたり、アイドルの写真を見せ合ってキャーキャーやっていると、突然、古田先生が教室へ飛び込んで来て、

「みなさん! 早く外へ出るのよ!」

と、凄い声で言ったのだ。

そんなこと、突然言われたって……。

みんな、キョトンとしたまま、動こうともしなかった。

「早くして! 鞄を持って、すぐに校舎から出るのよ!」

やっと、みんなもガタゴト椅子を動かしながら、仕度を始めた。でも、古田先生は苛々して、

「早くしなさい!」

と、まだわめいている。

ともかく――全員がクラスに残ってるわけじゃなし。トイレに行ってる子だっているんだし……。

「早く出て！　――急いで！」

廊下へ、ゾロゾロと、

「何かしらね」

「借金取りが来たのかな」

などと話しながら出る。

「走って！　急ぐのよ！」

と、古田先生が叫んだ。

「でも、先生――」

と、一人の子が、「走っちゃいけないことになってるんですよ」

「今はいいの！」

――生徒たち、みんな顔を見合わせた。

走っていい？　学校の中を走れる！

「ワーッ！」

みんな一斉に声を上げて、廊下を駆け出した。凄い勢いだ。

他のクラスの子たちも、加わった。

歓声を上げ、鞄を振り回したり、手を振り上げたりして。中には、わざと、ピョンピョン飛びはねて、床をドシンドシン鳴らして喜ぶ子もいた。

先生たちは、

「急いで！」

と、声をからしていたが、生徒たちの耳には入らない。

走れ！　走れ！　足音たてて。床をけとばせ！　床板なんかぶち破っちゃえ！

古い木造の部分がまだ残っているので、その廊下では、凄い埃が立って、空気がかすむほどだった。

「早く校舎の外へ出て！」

と、先生が叫んでいたが、なにこんなチャンス、二度とないんだ！

生徒たちは、わざと職員室を駆け抜けたり、校長室へ飛び込んで、

「外だよ、外！」

と、窓を開け、そこから校庭に飛び下りたりした。

大して広くない校庭は、爆弾の代りに、爆発するような勢いで吐き出されて来た生徒たちでたちまち一杯になった。

「校門の外へ！」

と、男の先生が怒鳴る。

「——あいつ、転ばせちゃえ」

と、誰かが言った。

よく生徒を殴る先生なのだ。それも自分勝手な理屈で。

「やれ！」

ワーッと、背後からその先生にぶつかって行く。

ドシン、と突き飛ばされて、その先生は腹這いになってしまった。メガネが飛ぶ。

凄い近視なので、メガネなしじゃ、何も見えないのだ。

「エイッ！」

誰かが、メガネの上で二、三度飛びはねた。当然、メガネは粉々になる。

「やった、やった！」

小躍りしながら、校門へと駆けて行く。

夕香もその中に加わっていた。そして気が付くと、小谷京子も——。

二人は並んで校門へと駆けていた。顔を見合わせ、二人は笑った。こみ上げて来る笑いは、それまで経験したこともないほど、爽快だった。

二人は肩を組んで、校門から外へ出た。

パトカーが何台もやって来る。近所の人たちが何ごとかと集まって来る。

現場は大混乱だった。

五分ほどすると、全部の生徒が校門の外に出て、駆けつけたパトカー、警官、野次馬で辺りはごった返していた。

「――中を調べているから、その間、待機しなさい！」

と、古手の先生が怒鳴る。

「もう待機してんじゃない」

と、夕香は言った。

「ねえ」

京子は言って、笑った。「――誰だか知らないけど、爆弾しかけた人に、お礼言いたいわ」

「本当！　最高だよ」

と、夕香は上ずった声で言った。

いたずらかもしれないが、ともかく、この事件は、「学校」にも怖いものがある、ってことを、教えてくれたのだった。

いつも、「学校」は絶対で、生徒たちを上から、怖い目で見下ろしていた。

でも、その「学校」が、あわてて逃げ出したのだ。それは何とも痛快な光景だった。

「――ね、夕香」

と、京子が言った。

「うん」

「頑張って、ピアノの伴奏」

京子の目はキラキラ光っていて、どこにも「悔しさ」の色はなかった。

夕香は、胸が熱くなった。

こんな気持、初めてだ。――嬉しいとか、面白いとか、悲しいとか、楽しいとか、今までに知っていたどの感情とも違う、別の全く新しい「すてきな気分」だった。

「私もだめ」

と、夕香は言った。

「何で？」

「献金袋、忘れちゃったの、今日」

京子は目をパチクリさせて、

「本当？」

「うん。だから、きっと京子だよ」

不思議だった。あんなに一生懸命、練習して来たのに、この言葉を言うとき、夕香はとてもいい気分だったのだ。

「でも……」

と、今日子は言いかけて、「――ね、夕香」

「なに？」

京子は、鞄から、献金袋を出すと、「これ、夕香が出しなよ」

と、差し出した。

「京子――」

「どうせちり紙忘れたんだもん。もう一つ忘れたって同じ。それに夕香がだめでも、私が選ばれると決ってるわけじゃないし」

夕香は、京子の肩を抱いて、

「じゃ、二人でだめ、ってことにしよう。それでいいじゃない。他の子だって、できるよ伴奏ぐらい」

「――うん」

と、京子が肯く。

「それに、伴奏すると歌えないじゃない。それもつまらないもんね」

「そうね。――じゃ、私も献金袋、忘れたことにしようかな」

二人は顔を見合わせて、笑った。

「――やれやれ」

と、実が汗を拭きながら、戻って来た。

「どうした?」

と、江里子は訊いた。

「何とかやったよ」

と、実は息をついて、「しかし、こんな騒ぎになるとは思わなかったな」

実際、野次馬が多いせいもあって、校門の辺りには、人が溢れ、近付くのも楽じゃなかったのだ。

「あの子に渡してくれた?」

「直接、渡したりしたら、他の子が変に思うだろうしね。ちょうど、仲のいい子と二人で端の方にいるのを見付けたんだ。だから後ろからそっと近付いて、鞄の外のポケットに入れといたよ」

学校で特別に作らせた鞄なので、外側にも定期入れなどをしまっておくポケットがついているのだ。

「あの子、分るかしら」

「大丈夫。ないとなれば、必死で捜すよ」

「それもそうね」

と、江里子は肯いた。

「さ、行こう。怪しまれても困るだろ」

二人は、レンタカーに乗って、学校を後にした。途中、消防車までやって来たのを見て、実は笑い出してしまった……。

「――どこかで昼飯、おごってよ」

と、実が言った。

「いいわよ。――おこづかい、どれくらいほしいの?」

「多いほどいい」

「そりゃ分ってるけど。――ま。今日の結果を見て、払ってあげる。今は取りあえず、これだけね」

江里子が一万円札を何枚か実のポケットへ入れてやる。

「どうも。明日、電話して訊くよ」

実は上機嫌で、口笛など吹いている。

「何を食べたい？」

と、江里子は言った。

――結局、礼拝の時間は、遅れに遅れて、なくなってしまった。

「献金袋だけ、集めます」

と、すっかり髪の乱れてしまった古田先生が言った。「係の人は、集めて」

「はい」

献金係が立って、端から集め始める。

夕香は、のんびりと座っていた。――もう、叱られるのも、何ともなかった。

これでいいんだ。たまには忘れものしたって……。別に、そんなの大したことじゃないや。

鞄に目をやると――外のポケットに、何か白いものが覗いている。

何だろう？　手をばして、取ってみて、唖然とした。――献金袋！

でも……。確かに、さっき捜したんだ。それなのに……。

でも、ともかくあったんだ！

小谷京子が立ち上ると、

「先生」

と、言った。「献金袋、忘れました」

夕香はドキッとした。

そして——分った。京子が、ここへ入れたんだ。きっとそうだ。

「小谷さん、どうしたの、今日は？」

と、古田先生がため息をついて、「ちり紙は忘れるし、献金袋まで？」

「はい」

「——一時間、残って、反省しなさい」

と、古田先生は言った。

「はい」

京子は、そう言って座った。

献金係が回って来る。——夕香は、しばらく、手もとの献金袋を見ていたが、それを鞄の奥へとしまい込むと、立ち上った。

「先生」

「何？」

「献金袋、忘れました」

夕香はそう言った。

京子が振り向く。二人は目を見交わして、ちょっと微笑んだ……。

「じゃ、明日電話するよ」

と、実は言って、姉の方に手を振り、車をスタートさせた。

「やれやれ……」

せっかく借りた車だ。すぐ返すのももったいない。

どうせ姉の払いだし……。どこか女の所へ寄って、誘ってみるか。

「そうだ」

内ポケットから、実はあの〈献金袋〉を取り出した。

とてもじゃないが、夕香に近付くことなどできなかったのだ。変に近寄ろうとしたら、警官に怪しまれただろうし。

外のポケットに入れておいた、と説明したのは、後でやっぱり入っていなかった、

と言われた時、

「じゃ、学校へ戻る途中で落っこっちゃったんじゃないのか」

と、言い抜けられるようにだ。

ま、ともかく、何万円かもらったんだから、いい「アルバイト」だった……。

しかし、こんな封筒に百円だか二百円だか入れたもんがどうだっていうのだろう？

「俺は男で良かったよ」

と、呟くと、実は中の百円玉を出して、それから〈献金袋〉をギュッと手の中で握りつぶした……。

「ただいま」

と、玄関で、夕香は言った。

「お帰り」

江里子が急いで出て来る。「遅かったのね、今日」

「うん。——ね、今日学校に、爆弾しかけたって電話があったんだよ」

「まあ」

と、江里子はびっくりして見せた。

「もちろん、いたずらだったんだけど」

「それで遅くなったの？」

「ううん。――ちょっと京子とね」

夕香は、楽しげに、自分の部屋へ入って行く。

江里子はホッとした。

あの様子なら、献金袋を忘れてたこと、気付いてないんだわ。変なポケットに入ってるな、と思っただろうけど。

苦労したかいがあった。――実には、少しまたお金をやらなきゃいけないけど。

「すぐご飯よ」

と、江里子は声をかけた。「手を洗って」

「はーい」

と、返事がある。

電話が鳴って、江里子は急いで、受話器を取った……。

――夕香は、ママったら、献金袋、持たせなかったこと、全然気が付いてないんだ、と思った。

でも、いいや。いちいち言わなくても。

京子と二人で残ってるのも、楽しかった。

先生も、昼間の騒ぎでくたびれたのか、大して叱言も出なかったし。

今度、京子の家に呼ばれている。その次はこっちが呼ばなきゃ。

京子といい友だちになれそうだ。――夕香はそう思った……。

「――主人が？」

と、江里子はびっくりして訊き返した。

「仕事中に、どこへ行ったのか……。得意先との約束をすっぽかしてしまったんです。困ったもんですな」

電話の向うで、上司の苦い顔が、目に見えるようだった。

「申し訳ありません。私も留守にしておりましたので……」

と、江里子は頭を下げながら言った。

――何を謝ってんのかな、ママ。夕香は、ママの背中を見ていたが……。

玄関の方で、何か音がした。

出て行ってみて、夕香は、ちょっとびっくりした。――パパが、ぼんやりと玄関に立っていたのだ。

「パパ、早いね」

と、夕香は言った。「あのね、今日、学校に――」

「あなた！」

ママが出て来て、「どうしたの一体？　今、部長さんから電話があったわよ。カンカンよ。仕事中に……。あなた、どうかしたの？」

夕香は、パパが、見たこともないくらい、ぐったり疲れて、上り口に座り込んでしまうのを見て、ママと顔を見合せた。

そして――パパは泣き出してしまった。

「あなた……」

ママもびっくりしている。

パパが、泣くのなんて、夕香も初めて見た。

「ね、パパ――」

と、夕香は言った。「何か忘れもの、したの？」

――パパは、手で涙を拭うと、立ち上って、

「ママと話があるんだ。夕香は部屋へ行っといで」

と、言った。

夕香は、パパとママが、二人で奥の部屋へ入って行くのを見て、何だか寂しい気が

した。

いつか——私も、パパとママの話に加われるのかしら?

「そうだ! 何かおやつ!」

思い出して、夕香は台所へと駆けて行った……。

支払われた少女

1

目を覚まして、まず第一に考えたのは、今日が土曜日で良かった、ということだった。

ただ単に目を覚ましただけで、別に迷いもせずに今日が土曜日で、会社も休みだと分ったからといって、安原謙一が人並外れた超能力を持っているわけではない。どんなに前の晩に深酒したり、夜ふかししたりして、頭の中がかきまぜたミソ汁みたいに不透明な状態になっていても、「休み」を決して忘れないのが、勤め人というものなのである。

そう。――それはあえて言えば頭で憶えているのではなく、体の方が忘れずにいる、ということなのである。

「――十時か」

と、安原謙一が枕もとの時計を見て、呟く。

この日の第一声である。

寝不足というわけではなかった。ゆうべに限れば。夜、十一時には床に入って、死んだように眠ってしまったのだから。

しかし、それまでの一週間。――安原にとっては地獄のような日々だった。めったに出張というものはないのだが、それが珍しく一週間！　あと一日続いていたら、安原は旅先であえなく「異郷の土」となって果てていたかもしれない。

それは少し大げさにしても……。

安原は、いわゆる「枕が変ると眠れない」という体質。二十九にもなって、と笑われても仕方ない。

子供のころからのくせで、小学校の臨海学校、中学、高校の修学旅行も、はしゃぎまくる友だちの間で、ただ一人、ボーッとした顔で、ひたすら旅の終るのを待っていたという記憶しか残っていない。

家族旅行も、だからせいぜい二泊三日。それ以上になると、この息子は寝不足にな

ってしまうのだった。いつも妹の百合(ゆり)から、

「お兄ちゃんのおかげで、ちっとも遠くへ行けない！」

と、恨まれていたものだ。

もちろん、今は百合も二四歳。OLになって、さっさと自分でハワイだニュージーランドだ、と遊び回っている。

ところで、安原謙一も妹同様まだ独身で、その理由は、別にハネムーンに行って寝不足になる（これには他の理由もありそうだが）のがいやだから、というわけではない。

何となく仕事も忙しいし、両親は山梨に引っ込んでしまっているので、アパートの一人暮し。妹の百合はOL仲間と二人で、よっぽど兄より高級なマンションを借りて住んでいる。

見合いだのデートだの、という時間を取るのも面倒で、というのが、安原の本音だったろう。最近は、そろそろ両親も嫁をもらえ、とやかましく言って来るが……。

もらえ、ったってね。その辺に転ってるわけじゃないんだし。

転って？　――うん？　何だ、あそこに転ってるのは？

まだカーテンは引いたままだが、部屋の中はもう大分明るくなって来ている。

安原の目に止ったのは帽子――それも、何だかずいぶん見すぼらしい、つぶれかかったソフト帽のようだった。もちろん安原の物ではない。

大体、安原は帽子などかぶることはないのだから。一体誰のものだろう？

「ま、いいや、ともかく……」

と、欠伸しながら起き上った安原は、ブルブルッと頭を振って――そして、

「何だ？」

と、目をパチクリさせた。

目が行った先は、カレンダー。その同じ釘から下っているのは、メガネだった。両方のつるの間を、本来は細い鎖か何かでつないであるのだろうが、今はゴムひもでゆわえてあって、それが釘からぶら下っているのである。

俺のじゃない！　俺は、目だけは（？）いいんだ。

左右の視力、一・二。自慢じゃないが、学生時代も、メガネのお世話になったことはない。

では、あそこにぶら下ってるのは、誰のメガネだ？　デザインから見て、年寄り向きだろうが……。

「――わけが分らないなあ」

と、安原は呟いて、肩をすくめた。

ともかく、顔でも洗えば、何か思い出すかもしれない。何しろ、昨日はひどい気分だったのだ。

帰りの新幹線では、もう気分が悪くて、死ぬかと思った。——実際、どうやってこのアパートへ辿(たど)りついたのか、よく思い出せないくらいだ。

何とか起き出した安原は、カーテンを開けて、顔を洗い、お湯を沸かしてインスタントのコーヒーを一杯飲み干し、やっとすっきりした。

もう十一時近い。——グーッ、と腹がため息をついた(?)。

電話が鳴り出して、安原はびっくりした。

「——はい、安原」

と、出ると、

「起きてるの?」

明るい女の声。「死んでるかと思った」

「やあ。ゆうべ、電話くれたっけ?」

と、安原はあぐらをかいた。

「忘れん坊! ちゃんとかけたわよ。不機嫌な声で、『死にそうなんだ。放っといてくれ！』ですって。ムカッとしたわよ」

「そりゃすまん。でもね、本当に参ってたんだよ」

と言いながら、安原は、何気なくライターを手に取っていた。「で、今日は——何だ、これ？」

「え？　何よ、突然？」

と、面食らっているのは、安原と同じ会社に勤めている、永島洋子(ながしまようこ)である。

恋人というほどの仲ではないが、この一年ほど、付かず離れずの付合いを続けている。

「あ、いや——ごめん。こっちの話」

と、安原はあわてて言った。「今日はどういう約束になってたっけ？」

午後一時、レストラン〈P〉で、お昼を一緒に。

安原は、頭へ叩き込んだ。そして……。

受話器を置いてから、改めて、手にしたライターを、まじまじと見つめる。自分のものではない。安原はタバコをすわないのだ。

百円ライターというわけではないが、安物には違いなかった。それも、ずいぶん使い古してある。

——待てよ。何か思い出しそうだ。

安原は、曖昧な気分のまま、ヒゲを当り、出かける仕度をした。

出張の間、ずっと着ていた背広は、クリーニングに出さなくちゃ。

安原は、ポケットを探って、中のものを全部出した。また、妙な物が出て来た。パチンコの玉が一個。それから、見憶えのない、喫茶店のマッチ。そして、もう一つは——写真だった。

あまりきれいにとれているとは言いにくいが、女の子の写真には違いなかった。ふっくらした、丸顔の、たぶん一六歳かそこいらの……。

「俺の孫だ。負けたら、これをやるよ」

突然、その言葉が、安原の耳で反響した。

「——そうか！」

と、安原は口に出して、言っていた。

2

「帽子にメガネ、ライターにマッチ？」

と、永島洋子が呆れたように言った。

「それと、パチンコ玉一個」

と、安原は付け加えた。

「判じものね」

洋子は愉快そうに言って、「それが、賭けで巻き上げたものなの?」

「巻き上げたなんて……。ちょっと、コーヒーを」

と、安原は、ウェイトレスを呼んで、言った。

「私もね。――ごちそうさま」

食べ終えた洋子は、ナプキンで口を拭って水を飲むと、「これから、どうする?」

と、訊いた。

「うん……」

そう訊かれて、安原は、洋子をどこへ連れて行こうとか、何も考えて来なかったことに気付いた。

「何よ。アイデアなし?」

「いや……ないってことも……」

「じゃ、言ってみて」

「そう……。君の行きたい所なら、どこでもいいよ」

洋子はふき出してしまった。

「それじゃ、振られるわよ。いつまでたっても」

「すまん。ただ、今日は――このことで頭が一杯だったもんだから」

安原がポケットから取り出したのは、あのマッチと、少女の写真だった。

「どうして、そんな妙なものばっかり賭けたの？」

「いや、僕の方から賭けよう、って言い出したわけじゃないんだ。――僕はともかく帰りの新幹線の中じゃ、もう死にそうだったんだからのね」

「それがどうして？」

「少し歩いた方が、まだ少し気が晴れるかと思って、途中、ビュッフェに行ったんだ。そしたら、何だかカウンターの所でもめてる。どこかの年寄りが、サンドイッチを食べて、払う金がない、ってことらしかったんだ。僕は、そういう騒ぎを聞いてるだけでも辛かったんでね。僕が払うからと言って、金を出しちまったんだよ」

「その気持、分るわ」

と、洋子は肯いた。

「何千円もするわけじゃないしね。――そしたら、その年寄りが、僕の席までノコノコついて来たんだ」

「お礼を言いに？」

「いや、むしろ余計なことをしないでくれ、と文句を言われてね。お情をかけてもらいたくない、ってね」

「あらあら」

「そんな奴の相手をしてるのもいやだったから、放っといたんだが、ちょうど隣の席が空いてたんで、その年寄りはそこへ座り込んで、金は必ず返す、と言うんだ。住所を教えろ、とね。――却って厄介だと思ったから、教えなかった。すると、その年寄りが、ポケットから古ぼけたトランプを出してね。これでポーカーをしよう、って言い出した」

「ポーカー？」

「つまり、ポーカーで僕が負ければ、そのサンドイッチ代の分を賭けの代金ってことにして、もう返さなくてすむってわけさ」

「何だかしつこい人ね」

と、洋子は笑ってコーヒーを飲んだ。

「こっちも、気分が悪かったしね。ムカッとして……。じゃ、僕が勝ったらどうする、って――。で、老人がまず、このライターを賭けたってわけさ」

「じゃあ、結局、あなたが勝ったわけね？」

「およそ賭けごとなんて苦手なのにね。フルハウス、ストレート、フラッシュ、と面白いくらいいい手が出て……。帽子、ライター、マッチにメガネ、とこっちのものさ。――でも、そろそろ東京へ着くころだったし、僕もいい加減飽きて来て、『もういいから、これ、全部、持って帰ってくれ』と言ったんだ。ところが――」

「向うは聞かなかった」

「そう」

安原は肯いて、「その全部を賭けてくれ、私はこれを賭ける、と言って……」

少女の写真を、安原は指で叩いた。

「これを取り出したのさ。『たった一人の孫娘だ』と言ってね」

「何だか侘しい話ね。――で、やったの？」

「うん。こっちももう負けたかったんだ。けりがつくからね、それで。4のワンペア、という情ない手で、これで負けた、と思ったら……。相手は3のワンペアだった」

「よっぽどついてない人ね」

安原は、ゆっくりとコーヒーを飲んだ。

「ま、ともかくそれでその年寄りも、何かもなくしちまったらしくてね。――それで、僕はこんなものもらっても困るし、いいから持ってってくれ、と言ったんだけど……」

「いらないってわけ？」

そう。――今になって、安原は却ってはっきりと思い出す。あの老人のことを。

たぶん、六十代の半ばは過ぎていただろう。着ている物も、あの帽子に見るように、とても立派とは言えないしろもの。

しかも、ポケットの中は、パチンコ玉一つまで安原に渡して、空っぽというわけである。打ちひしがれ、がっくりと肩を落としても当然だったろう。

しかし――全部返すから、持っていってくれ、と安原が言った時、老人は、あたかも消え絶える直前に真直ぐ燃え上るローソクの火の如く、ぐっと胸をそらし、昂然と安原を見下ろして、

「それはすべてあんたのもんだ。もう私の手をはなれたんだ」

と、言ったのである。

その言い方が、あまりに力強く、きっぱりとして、それまでの老人の言葉とは別人のもののようだったので、安原は面食らっていた。そして、安原が何も言わない内に、

老人は通路を足早に歩み去ってしまったのである……。

「どうしたもんかな、と思ってね」

と、安原は言った。

「いいじゃない、そんなもの。捨てちゃえば？」

と、洋子は気楽に言った。「気にするほどのこともないでしょ」

「うん……。まあ、世の中にゃいろんな奴がいるからね」

「そうよ。――それより、これからホテルに行かない？」

と、洋子は訊いた。

安原はポカンとしていた。

「どこへ、だって？」

「ホテル。――せっかく私の方から誘惑してあげてるのに」

と、洋子は口を尖らした。「いやなら、別に無理にとは言わないわ」

安原の頭の中から、あの見知らぬ変った老人のことも、古ぼけた帽子のことも、ライターも、パチンコの玉も、メガネも、そして少女の写真も、何もかもが吹っ飛んで消えてしまった。

代りを埋めたのは、もちろん洋子の、色っぽい微笑みだったのである……。

「――ねえ？」

と、洋子が言った。

「うん」

「私たち、結構相性が良さそうね。そう思わない？」

「――わざわざ言うまでもないだろ」

安原は、洋子のすべすべした肌に手を這わせながら、言った。

「私……お腹空いて来ちゃった」

「僕もだ」

と、安原は肯いて、「君を食べよう」

「――ちょっと！　くすぐったい！」

洋子は、けたたましい笑い声を上げた。

二人は子供のように転げ回って大騒ぎしたが、それでもまず落っこちる心配がないくらい、ベッドは大きかったのである。

――実際、二人がベッドを共にしたのはこれが初めてのことだったが、信じられないくらい、二人はしっくりと行ったのだった。

もちろん安原は二九歳、洋子も二六だ。お互い、初めての相手というわけじゃないが、特別に遊んで来たというわけでもなく、こうして肌を触れ合って寝ていて、もうずいぶん前からこうして来たような気がする、というのは……。

俺も、もう結婚というものに踏み切るべきなのかもしれないな、と安原は思ったのだった。

「——ねえ」

と、洋子が言った。

「何だい?」

「さっきの、新幹線で会ったおじいさんのこと」

「あれが何か?」

「——お孫さんの写真っていうのだけは、返してあげた方がいいかもね」

安原は洋子の顔を見た。

「——どう思う?」

と、洋子が安原の方へ体を向ける。

「うん……。僕も、それだけは気になってたんだ。もちろん、ただの写真だけどね。あの時の老人の様子は、何だか普通じゃなかったから」

「そうだろうと思ったわ」

「どうして分ったんだい、僕の気にしてることが」

「そりゃあ――」

と、洋子は、安原の鼻をちょっと指でつついて、「あなたを愛してるからじゃない？」

安原は、洋子を抱きしめてキスした。

「――だけど、あの写真だけじゃ、どこへ返しに行っていいのか、見当もつかないね」

「そうね。どこに住んでるとか、何も話さなかったの？」

「全然さ」

「あのマッチは？」

「マッチ？」

「喫茶店の。――そのお店の人が、何か知ってるかもしれないわ」

安原は感激した。

「君は天才だ！」

「今ごろ気が付いた？」

と、洋子は澄まして言うと、「じゃ、何か軽く食べてから、あのお店を捜しに行って見ましょうよ」

もちろん、安原に異議はなかった。ただ、ベッドから出るのが、少々心残りではあったのだが……。

3

「ああ、何だ」

と、その喫茶店のマスターは、老人が持っていた、孫の写真を一目見て、肯いた。

「初めから、これを見せてくれりゃ」

それはそうだ。名前も分らず、ただ六十過ぎの老人、と訊いても、分るはずがない。

安原と洋子は、日曜日、この店を捜しにやって来たのだった。

喫茶店は、そう苦労もなく見付かった。あの老人ほどではないが、もう大分古びていて、今時珍しい、〈コーヒー店〉という雰囲気がある。

「じゃ、知ってるんですね」

と、安原は言った。

「ええ。いつもね。その隅に座って、新聞を読んでて……。よくこの写真を見せて、『孫なんだ。可愛いだろう』って、言ってましたよ」

と、マスターは写真を返して、「確か名前は佐伯さんというんだったと思います」

「佐伯……。あの——家はどこか、知ってますか?」

「いや、そこまでは」

と、マスターが首をかしげる。「もしかしたら、女房が知ってるかもしれないな。ああ、帰って来た」

よく太った奥さんが、何だか忙しげに店に入って来る。

「おい、ちょっと——」

と、マスターが言いかけると、

「ね、おととい、火事があったじゃないの、この裏の方で!」

「ああ。何だかアパートが半焼したとかいうんだろ」

と、奥さんが遮る。

「そうなの。今日、公民館の前通ったら、お葬式で——ほら、いつもここに来てた佐伯さんっておじいさん。あの人が亡くなったんだって!」

安原と洋子が、思わず顔を見合せる。マスターの方も目を丸くしていた。

「――どうかしたの？」

と、奥さんが不思議そうにマスターを眺めていた。

「その人、火事で亡くなったんですか」

と、洋子が訊いた。

「そうらしいですよ。お年寄りの一人暮しだったからね、逃げ遅れたんじゃないのかしら」

「一人暮し？　子供さんとか、一緒じゃなかったんですか」

と、安原が言った。

「いいえ」

と、奥さんは首を振って、「当人は何も言ってませんでしたけどね。近所の人の話を聞いたんですよ。息子さんが、お店をやってしくじって、家も何も取られちゃったって。で、その息子さんは、奥さんと娘さんを置いて蒸発しちゃったんです」

「ひどい！」

と、洋子が眉を吊り上げた。

「で、奥さんもどこかの男と姿を消しちゃって、娘さんはどこかの施設へ預けられたはずですよ」

「じゃ、佐伯さんは——」

「もう年齢だしね。孫の面倒まで、とてもみられなかったんでしょ。一人で、ボロアパートに住んでて……。結構昔は有名な芸人だったらしいですけどね」

「それで火事にあって……」

「ええ。——いいことないわね、本当に」

安原は、少し迷っていたが、

「その公民館って、どこです？」

と、訊いた。


少女は、ポツンと一人で、棺の傍に座っていた。

写真の中より、少し成長してはいたが、すぐに分った。せいぜい十八かそこいらだろう、と安原は思った。

何だか体によく合っていないセーラー服を着ている。腕に黒い喪章をつけているのは、その少女一人だった。

「——寂しいお葬式ね」

と、洋子は中を覗いて、そっと言った。

「うん……。どうする?」

「どうする、って……。ここまで来たのに、帰るの?」

「いや、しかし――」

まさか、お葬式に出ることになるとは、思ってもいないから、二人とも、休日らしく気楽な格好で来ている。

近所の人らしい年寄りが二、三人、入口の辺りで立ち話をしていたが、安原たちの方をジロッと見て、何やら言い合っている。

「香典の用意もしてないし」

と、安原は言った。「帰ろうか」

「でも――」

と、洋子もどうしていいか、困っている。

すると、

「ちょっと、失礼」

と、声をかけて来た男がいた。

でっぷり太った、不機嫌そうな顔の男である。やはり、焼香に来たという様子ではなく、安原たちを押しのけるようにして、中へ入りかけたが、ふと振り向いて、

「あんたたちは？」

と、訊いた。

「え？」

「あのじいさんの知り合いかね？　親戚か何かか？」

男の言葉の響きには、何となく警戒心を起こさせるものがあった。

「そういうわけじゃないんです」

と、洋子が言った。「ただ、この近くで、お話を聞いて、お気の毒だと思ったものですから」

「ふん。それじゃ、あの子のことも知らんのだな」

と、男は、少女の方を顎でしゃくった。

少女が、ゆっくりと顔を向ける。——安原は一瞬、ドキッとした。

少女の目は、あの写真のそれと、同じであって、まるで違っていた。光というものが、明るさが、すっかり消えてしまっていた。

もちろん今は悲しいだろう。しかし、そういう感情とは別に、十代の少女なら、その瞳に溢れ出るはずの生命力のようなものの輝きが、どこにも見えなかった。

男は、もう安原たちには一向に興味がなくなったらしく、中へ上って、棺の方へと進んで行くと、何だか面倒くさそうに焼香して、ポンと手を合せた。

「――何、あの態度」

と、洋子が眉をひそめた。

男は、少女の前に片膝をつくと、

「あんたが、佐伯さんの孫か」

と、言った。

「はい。佐伯充代です」

少女は、しっかりした声で答えた。

「俺はね、佐伯のじいさんの住んでたアパートの持主で、金山ってもんだ」

佐伯充代というその少女は、目を伏せて、

「あの――祖父がご迷惑をおかけして」

と、言った。

「うん。困ったもんだよ。まあ、ボロアパートだったが、まだ十年やそこらは使えた。ところが、あの火事で半分焼け落ちちまった。あれじゃ、もう住めんからね」

「はい」

「焼け出された連中も困ってる。そうそう預かってくれる親類とか、都合良く見付かるわけじゃないしな。分るだろ?」

「はい」

と、佐伯充代は肯いた。

「火を出したのは、あんたのじいさんだ。消防署の方でも、そう言ってる」

「すみません」

「あんたに謝ってもらっても、しょうがないんだよ。こっちもね、亡くなった人のことは気の毒だと思ってる。——ま、他にけが人も出なかったのが、不幸中の幸いだったがね」

金山という男は、顎をさすりながら、「まあ、こんな時に金の話はしたくないが……。こっちもね、アパートを貸して、家賃で食ってるわけだ。分るだろ?」

「はい」

「アパート一つ、丸ごと使えなくなったんじゃ、こっちにゃ痛いんだよ。——火を出した当のじいさんは死んじまったわけだが……。何か遺したもんはないのか」

「遺したもの……ですか」

「多少でも、貯金とかさ、それとも、小っぽけでも、土地があるとか、何か金目の物でも持ってたとか」

少女は戸惑ったように、

「何も——ないと思います。二年前に父が破産して、その時、何もかもなくしてしまったんです。祖父も、出せるだけのものは出してしまって……」

「やれやれ」

と、金山はため息をついた。「じゃ、あんたの保護者というか、誰かいないのかね、責任を取ってくれそうな人は」

「私……一人で施設にいるんです。——園長さんが、一応、保証人というか……」

「金を出してくれるってわけじゃないんだろ？　全く、やり切れねえよ」

と、金山は立ち上った。「働いてるのか？」

「いえ——学校です」

「ふん、人の金で学校か。いい身分だな」

と、金山は顔をしかめた。「働いて、ちっとは弁償してほしいもんだ」

佐伯充代は、顔を伏せた。——聞いていた安原は、腹が立って来た。

もちろん、この金山という男にとって大損害ではあるのだろう。しかし、一人で残された孫娘に金の話をして、どうなるというのか。

すると——洋子が靴を脱いで、中へ上って行ったのである。

「ちょっと」

「何だ？」

「たった一人の身寄りをなくした女の子に向って、金を稼いで返せ、って言い方はないんじゃありませんか」

金山はムカッとした様子で、

「あんたの知ったこっちゃない」

「いいえ。あなたはアパートに保険をかけてなかったんですか？」

金山は、ちょっと詰った。

「そりゃ――保険なんか――」

「かけてなかったのなら、あなたの手落ちですよ。それとも、アパートが古すぎて、保険に入るのが難しかったのなら、そんな状態になるまで放っておいたのが悪いんです」

洋子の言い方は明快で、金山も相手が悪いと思ったらしい。

「こっちは商売なんだ。――何が分る！」

と、吐き捨てるように言って、さっさと行ってしまう。

安原は、洋子の度胸にびっくりした。

「さあ、安原さん、ご焼香させてもらいましょうよ」

と、洋子は手招きした。

そして、少女の方へ、

「出しゃばってごめんなさいね。黙っていられなくて」

「いいえ。――ありがとうございました」

と、少女は頭を下げた。

「こんな格好だけど、ご焼香させていただくわね」

「はい！　お願いします」

少女が、やっと微笑みを見せた。

安原も何となくホッとした。子供が子供らしく見えるというのは、ごく自然で、そして快いことだ。

――焼香をすませた安原は、

「実はね」

と、佐伯充代の前に座って、「君のおじいさんに、この写真を渡されたんだ。でも、何だか気になってね、返しておこうと思ってやって来たんだが……」

写真を目の前に置くと、少女がハッと息をのんだ。

「——これ、君だろう？」

と、安原は言った。

「ええ……。二年前の写真です。まだ父がいるころの——」

「そうか。事情は聞いたよ。大変だね。しかし、まだ若いんだしね、君は。頑張れよ」

何だか、ＴＶの熱血教師もののドラマみたいなセリフに、安原は少々照れていた。

「じゃ、行きましょ」

と、洋子が促す。

「うん。——じゃ、これで」

と、安原は立ち上った。

しかし、少女は、不思議な眼差しで、安原をずっと、追いかけていた。

安原は、外へ出て歩き出したが、少し行ってから、ふと振り返ってみた。

少女が、戸口まで出て来て、じっと安原を見送っている。その視線は、まるでずっと昔から知っていた人間を見つめる目のそれのようだった。

4

外出から戻った安原は、自分の席について、ぬるくなったお茶を一口飲んだ。

「あ、安原さん」

と、隣の席の女子社員が言った。「妹さんからお電話がありましたよ」

「ありがとう。何か言ってたかい?」

「安原さんのアパートにいるから、電話をくれ、って」

「そうか。――分った」

そういえば、今日は休みを取るとか言ってたっけ。俺のアパートに来てるんだ。

生意気ではあるが、そこは妹で、たまにアパートへ来て、掃除とかして行ってくれる。もっとも、その代り、晩飯はおごらされるのだが。

安原はチラッと課長の席へ目をやった。うまい具合に留守である。

私用電話にはうるさいのだ。

アパートへかけると、すぐに妹の百合が出た。

「あ、お兄さん?」

「ご苦労。掃除ははかどってるか？」

「あのねえ。私が必要ないんだったら、早くそう言っといてくれないと」

と、百合が、ややむくれた様子で言った。「せっかく休みなんだから、本当は尾崎君と出かけようかと思ってたのに、兄貴のために我慢して、やって来たのよ。それなのに――」

「おい、待てよ」

と、安原は面食らって、「必要ないって、どういう意味だ？　それに尾崎って誰だ？」

「二つ一度に訊かないで。――後の方から答えると、尾崎君っていうのは、私のボーイフレンド」

「俺は知らないぞ」

「いちいちお兄さんに断る必要ないでしょ。もう二十四よ、私」

「そりゃまあ……。しかし――」

「それからね、どなたがやったのか存知ませんが、部屋の中、いやにきれいになってるわよ」

「きれいに？」

安原は、思わず訊き返した。どう考えても今朝、自分で掃除をするなどという、「血迷った真似」をした憶えはない。

「お前――他の部屋へ間違って入ったんじゃないのか？」

「いくら何でも！」

「そりゃそうだな。じゃ――布団も敷きっ放しじゃなくて？」

「ちゃんとたたんであるわよ。押入れの中だって、きれいなもんだし」

「空巣でも入ったのかな」

「空巣が掃除なんかして行く？」

待てよ。――洋子かな？　ふっと気が向いて、掃除に来てくれたのか。

洋子ならやりかねない。

「分ったよ。ともかく、今日はいるんだろ？」

「帰っても、することないしね」

「じゃ、五時で帰るから。――晩飯を食おう」

そう言って、安原は電話を切った。そして、内線の番号を押す。

「はい、永島です」

「あれ、いたのか」

「何よ。いちゃ悪いの？」

と、洋子がムッとした様子で、「突然、席にかけて来て、『いたのか』はないでしょう」

「すまん。ちょっと妙なことがあって――」

「何なの？」

「うん。――アパートに忍び込んだ奴がいるらしい」

「ええ？　何かとられたの？」

「いや、掃除して行ったんだ」

と、安原は言った。


「そんな変な話ってある？」

と、洋子は言った。

「だって、百合の奴がそう言うんだから」

「そう……。百合さん、そんな冗談を言う子じゃないしね」

百合と洋子は、もう顔見知りである。百合の方が二つ年下だが、結構気が合って、会えばおしゃべりなどしているようだ。

安原と洋子はアパートへ着いた。

「――さて、と。鬼が出るか蛇が出るか」

「よしてよ、変なこと言うの」

と、洋子が顔をしかめて、「私、蛇は嫌いなの」

安原が開けようとすると、中からドアが開いて、百合が顔を出した。

「あ、お帰り。――何だ、洋子さんも一緒？」

「ついて来たのよ。一人じゃ怖いって言うから」

と、洋子が言った。

玄関へ入って、安原はいい匂いが部屋を満たしているのに気付いた。

「何だ。何か作ったのか」

「私じゃないわ、お手伝いさんがね」

と、百合は言った。

「誰だって？」

安原は部屋へ上りながら、「こんなアパートにお手伝いさんがいるわけないじゃないか」

と、言ったが……。

「――あ、お帰りなさい」

と、エプロンをしたその少女は、安原の前に出て来ると、きちんと正座して、「今日からお世話になります。よろしくお願いします」

と、畳につくほど深々と頭を下げたのだった。

「はあ……」

安原は呆気に取られて、突っ立っていたが――。

「あら、あなた」

と、洋子が気付いた。「この間の子ね。おじいさんを火事で亡くした」

「はい、佐伯充代です。よろしくお願いします」

と、少女は洋子の方にも頭を下げてから立ち上ると、「上衣をかけます。ネクタイを外して下さい」

「え……。ああ……」

「ズボン、しわになってますね。アイロンかけますね、後で」

と充代は、洋服ダンスからハンガーを出して来て、上衣をかけた。

「あの――君ね、ちょっと！」

と、安原は、やっと我に返った。「待ってくれよ。世話になりますって……。どういうことなんだ？」

充代の方が、今度は戸惑ったように、

「祖父から聞いてたんです。あの——確か、ポーカーをして……」

「うん。君の写真を賭けて——。それはそうだよ。だけど、どうして君がここに来るんだ？」

「祖父から言われたんです。『お前のことを賭けて、ポーカーに負けた。だから、お前はその人のもんだからな』って」

「君を——賭けた？」

安原は唖然とした。

「ご存知なかったんですか？」

「いや——あれは、ただ写真を賭けたんだとばっかり……。大体、いくら孫だからって、人間を賭けるなんてこと、できやしないじゃないか」

「でも……。祖父にそう言われて。私ももう学校へも行けませんし、行く所もないので」

「でもね、君——」

安原は焦って、「おい、百合、何とかしてくれ！」

と、助けを求めた。

百合はわけが分らず、キョトンとしているばかり。洋子が、腕組みをして、

「少し、話し合った方が良さそうね」

と、言った。

「あの――ちょっと待ってて下さい」

と、充代は手を上げて、「お鍋がふきこぼれちゃうんで。すぐですから」

と、台所へ駆けて行く（駆けるほどの距離もないのだが）。

安原と洋子は顔を見合わせた。――どうなってるんだ？

「あの、すみません」

と、充代が呼んだ。「お鍋をそっちへ運びたいんですけど、手伝っていただけませんか」

「いいわよ」

と、百合が肯いた。「――ね、ともかく、せっかく作ってくれたんだし、これを食べながら、話をしない？」

安原は洋子の方を見た。洋子は、ただ黙って肩をすくめただけだった……。

「でもねえ、本当によく働くわよ、あの子」

と、百合が言った。「見てて、感心しちゃった。それも手なれてるの。額にじっとり汗をかきながらね」

「このお料理も大したもんだわ」

と、洋子は肯いて、「どこで憶えたんだろ？」

「施設では、何でも自分でやらなきゃいけないんですって」

「施設か……」

安原は空になった茶碗を置いて、「苦労してるんだろうな」

と、言った。

夕食がほぼすんだところで、充代は、

「ちょっと、雑貨でほしいものがあるので、買って来ます」

と、出て行ったのだった。

たぶん、三人で話し合えるように、気をつかったのだろうと安原は思った。

「――さて、困ったな」

と、安原はため息をついた。「こんな無茶な話、聞いたことないよ！」

「あら、便利じゃない、何でもやってくれるし」

と、洋子が澄まして言った。

「おい、からかうなよ。いくら何でも、もう十八の女の子だぞ。このアパートに置くわけにゃいかない」

「へえ。手を出しそうだってわけね？」

「そうじゃないよ！　だけど、世間の目ってものがあるだろ」

「お兄さん、確かに賭けはやったのね」

「ああ。しかし、まさか孫本人を賭けてるなんて思やしないよ」

「ただ、あの女の子も、高校を出ると、施設にはいられないんですって」

「それで、ちょうどいいっていうんで、ここへ転り込んだのよ」

と、洋子が言った。「きっと、あなたがものほしそうな目で見てたんでしょ」

「よせやい」

と、安原はふくれっつらになった。「どうしたらいいか、真面目に考えてくれよ」

「ともかく、行く所もない、っていうのよ。追い出すわけにはいかないんじゃない？」

と、百合が言った。

「じゃ、どうするんだ？」

「ここに置いとくわけにもいかないし……」

三人とも、少しの間、黙り込んでしまった。

――玄関に物音がして、充代が戻って来た。

「夕ご飯、終りました？」

と、上って来ると、「じゃ、片付けますから。──あ、一人でできます。いつも何十人分も一人でやってたんですから」

と、皿を運び始める。

「ねえ君。──ちょっと座ってくれ」

と、安原は声をかけた。

「はい」

充代は、安原のそばへ来て、ちょこんと座った。

「あのね──どうして、このアパートが分ったんだい？」

「祖父が……。あなたの名刺をくれたんです」

「名刺？」

「ええ。それで会社へ電話をして、このアパートの住所を……」

「しかし、中へ入れたのは？」

「管理人の方に頼んだら、開けて下さったんです」

「管理人に──言ったの？　何と話したんだい？」

「あの……こちらにご厄介になることになったので、って」

やれやれ……。もうアパートの住人、みんなに知れ渡っているだろう。

「ねえ、君。君もまあ、一人ぼっちで大変だろう。しかしね、君を雇ってあげるような、そんな余裕は僕の方にはないいんだよ」

と、安原は言った。

「雇っていただくつもりなんて……。私、ここで働く他に、外で仕事も見付けます。ただ、ここで寝起きさせていただければ、それでいいんです」

「そ、その寝起きが困るんだよ！　君だって一八歳だろ。分ってるだろ、こういう一部屋しかない所で……その……」

「じゃ、私、外の通路で寝ます」

百合が笑い出してしまった。

「ね、お兄さん。この子は本当に真剣なのよ。――いいわ、私の所に置いてあげる」

「しかし、お前……」

「もう一人ぐらい、充分に寝る所あるわよ。ねえ、充代さんだっけ？」

「はい」

「ともかく、今夜、泊る所が必要でしょ？　私と一緒に行きましょう」

充代は、チラッと安原の方を見てから、

「——よろしくお願いします」

と、百合に向って、頭を下げたのだった。

百合が充代を連れて帰って行くと、

「やれやれ、参ったね」

安原はため息をついた。「何とか考えなきゃな。——ま、その内、自分でどこかに部屋でも借りるだろうけど」

「あら、いいじゃないの。身の回りを世話してくれる女の子がいるなんて、ぜいたくな話よ」

と、洋子が言った。

「おい、何を怒ってるんだい?」

「怒ってなんかいないわよ、機嫌が悪いだけ」

と、洋子はむくれている。

「ねえ、どこかに出て一杯飲もうか」

と、安原は誘ったが、

「どうぞお一人で。私、帰るわ」

「おい、洋子——おい!」

止める間もなく、洋子は、玄関のドアに恨みでもあるかのように、バタン、と力一杯閉めて行ってしまった。

「――畜生！」

安原は頭に来て、引っくり返った。

朝。――朝か。

やれやれ、今日も会社だ。

目覚まし時計が鳴ると、安原は手探りでベルを止めた。――なかなか目は開かない。

しかし……。何だかゆうべは大変だった。何だっけ？

あ、そうか。あの変な女の子――いや、別に変ってわけじゃないが……。ともかくあの子のおかげで、洋子はむくれて帰っちまうし。

ま、少し時間を置きゃ、ご機嫌が直るだろうけど……。

何だか、コーヒーの匂い。それにハムか何かがジューッと……。もちろん、この部屋じゃない。

でも、隣の部屋の匂いが、こんなにこっちへ入って来るのかな？

目を開けた安原は、ギョッとして起き上った。

「──あ、おはようございます」

台所に立っていたのは、佐伯充代だったのだ。

「君……。何してるんだ？」

「朝ご飯を。──和風か洋風か、お好みが分らないんで、一応今朝はハムエッグにしてみました」

「ああ。でも、いつ来たんだ、君？」

「六時ごろです」

「朝の？」

当り前だ。「──どうやって入った？」

「鍵がかかってませんでした。物騒ですよ」

安原は起き上って、頭を振った。──そうか！　ゆうべは、何だかカッカ来ていて。

そう。この子のせいだ！

「君ね──」

「顔、洗ってらして下さい、新しいタオルを出しときました」

「──あ、そう」

安原は、仕方なく洗面所へ行き、顔を洗った。鏡も洗面台も、見違えるくらいきれいにみがいてある。

服を着て、ひげを当り、用意してくれた朝食の前に座る。

「はい、コーヒーです。ブラックで？」

「うん」

「朝ですから、アメリカンにしておきましたけど」

「そう……」

このままじゃいかん。もう二度とここへ入るな、と言わなくちゃ。そう、初めが肝心だからな。

「充代君だったね」

「はい」

朝の光で見ると、充代は、やはり一八の少女だった。——妙なことだが、祖父の葬式、そしてゆうべのこの部屋で見ただけなので、何だかもっと老け込んだ、暗い感じの女の子という印象があったのである。

しかし——今の充代は、一八歳のみずみずしい輝きを感じさせる少女だった。

「あの……何でしょう？」

と、訊かれて、ハッと我に返り、

「ああ、君ね、僕は——」

と、言いかけたとたん、安原のお腹はグーッと「発言」したのだった……。

5

「あの——」

と、充代が、低い声で呼びかけた。

という安原の声には、苦しげな吐息が半分以上混っていた。

「何だい？」

「オレンジを絞ったんです。冷たくしてありますから、もしよろしかったら……」

安原は、目を開けた。——不安げに覗き込む、充代の顔が見える。

それは、ただ安原の病気を心配している、というだけでなく、自分の存在が、安原にとって煩しいものではないかと懸念してもいるようだった。

「ありがとう。——もらうよ」

安原は、起き上った。

「大丈夫ですか？」

「うん……。ボーッとしてるけどね」

と、安原は肯いた。

「お熱、はかりましょうか」

「いや、はかっても下るわけじゃない」

と、安原は、もっともなことを言って、オレンジの汁を入れたグラスを受け取った。

――風邪を引いて、熱を出したなんて、一体何年ぶりのことだろう。

しかも一旦熱が出ると、四十度近くまで上って、立ち上ってもまともに歩けない有様だ。それがもう四日も続いていた。

充代は、安原が寝込んでから、毎日、朝は夜明け前に来て、夜中の一時ごろ、安原に薬をのませて帰って行く。

「――旨い」

と、オレンジの汁をのみ干して、安原はホッと息をつく。

充代が嬉しそうに微笑んだ。

「お医者様も、熱はせいぜい三、四日だとおっしゃってましたから」

「そう願いたいね。熱で焼け死んじまう」

と言ってから、安原はハッとした。

充代の祖父は火事で焼け死んでいるのだ。

「いや――ごめん。つい、うっかりして」

「気にしないで下さい。さ、寝てあったかくして」

「ああ……」

布団をかぶって、安原は、天井を見上げた。

「――夜はシチューか何か作りましょうか」

「食欲ないね」

「でも、何か召し上らないと」

「じゃあ……湯豆腐でも作ってもらおうか」

「はい。お豆腐も買って来てあります」

――全く、この子はどういう子なんだ？

安原は、動き回り、立ち働くことが少しも苦にならない様子の充代を見ていると、不思議な気がする。

「よくやるねえ」

と、安原は言った。「少しは休んでTVでも見てれば？」

「目ざわりですか」

「いや、そうじゃないけど」

「私――慣れてますから」

と、充代は言った。

「施設じゃ、大変だったんだね」

充代は、ゆっくりと、安原の布団のそばに座った。

「私、あそこでは一番年が上の方でしたから、母親代りだったんです。一〇歳ぐらいの子が多くて……。夜、お母さんのことを恋しがって泣く子を抱いててあげたり、古くなった服を、つくろったり……。何でもやりました」

「そうか。――みんな、両親を亡くした子ばっかり？」

「いいえ、そういう子は、むしろ少ないんです」

「じゃ――」

「たいていは、父親が亡くなって、母親が育て切れずに預けてるんですけど、最近は、両親が離婚して、どっちも引き取らないので、預けられた子がふえてます」

「何だって？」

安原はびっくりした。「ちゃんと親がいて？」

「ええ。――若すぎて育てられないとか。それに、ちゃんと生活が落ちついたら迎えに来る、とか言って、それきり連絡の取れない人も」

「ずいぶん勝手だね」

「私によくなついてた一二歳の女の子がいたんですけど、その子は、やっぱり両親が離婚して、母親は他の男の人と、地方へ行ってしまったんです。父親が、時々会いに来て、ちゃんと生活していけるようになったら、二人で暮らそうって。その子も、楽しみにしてました。でも……」

充代の眉がくもった。「ある日父親が園長さんの所へ来て、再婚することになったけど、相手の女性が、子供の面倒をみろと言うのなら、結婚しないと言ってるので、娘はずっとここに置いて下さい、って……」

安原は、言葉もなかった。

「——その子に話したの?」

「園長さんが、話しました。——その日からその女の子、一度も笑わなくなったんです」

「そうだろうね」

と、安原は言った。

「子供みたいな大人が多すぎるんですね」

と、充代は言った。「私は、おじいさんがいて、幸せでしたけど」

「――いい人だったんだね」

「昔は芸人で、日本中回ったんだ、ってよく話してくれました。私のことも可愛がってくれて……。ただ、賭けごとは本当に好きでしたけど」

「君のことまで賭けちまうんだからな」

「でも、おじいさんの決めたことなら、私、どう使われたっていい、と思ってます」

と、充代は言った。「もし――私が一緒にいれば、おじいさん、死なずにすんだだろうし」

「何か、火の不始末？」

「ええ。そうらしいです。でも、しっかりしてたのに、おじいさん。よく分りません。どうして火をつける手もとが狂ったのか……」

安原は、ふと、思い出した。――あの老人から、賭けで手に入れたもの……。

写真だけはこの少女へ返したが、他のものはまだ引出しに入っている。

何があったろう？　ライター、喫茶店のマッチ、パチンコの玉、帽子……。そして――メガネ。

い、い、メガネ？　――そうだ！　あの老人はメガネを、安原に渡してしまっていた！

もし、そのせいで、よく見えなくて、手もとが狂ったんだとしたら？

「――おじいさんは」

と、安原は言った。「メガネをかけてたね？」

「ええ」

「メガネなしだと、よく見えなかった？」

「全然だと思います。ボーッとしか見えなかったんじゃ……。一つしか持ってなかったんで、私、かえを作って、といつも言ってたんです。壊れたりしたら困るでしょ」

「うん……。そうだね」

と、安原は言った。

「――話し込んじゃった」

と、充代は立ち上った。「夕ご飯の仕度をします」

安原は、台所に立つ充代の後ろ姿を、じっと見ていた。

もちろん、俺が悪いわけじゃない。向うが勝手に賭けただけのことだ。

あんな古メガネ、ほしくもなかったのに。――そうだ、何も俺が気にする必要なんかない……。

安原は、目を閉じて、少し眠ろうとした――。

安原は目を開けた。

何だか——妙な気分だ。体が急に軽くなったようで、頭のもやもやも、きれいに晴れている。

どうなってるんだ？

頭を振って、起き上る。少しめまいがしたが、体を走る寒けはない。——熱が下ったんだ！

早く下ってほしいと思っていながら、いざ下ると何だか信じられないようでもある。

気が付くと、もう朝になっている。——ひどく汗をかいていた。

熱が下る時、汗がどっと出たのだろう。パジャマなど、ギュッと絞れば水が落ちそうなくらいだ。

その時、安原は気付いた。充代が、タンスにもたれて座ったまま、眠っているのだ。

——ずっとついていたのか。

安原が起き出す気配を感じたのか、充代がふっと目を開いた。

「あ……。もう朝なんですね」

と、呟いて、頭を振ると、「起きて大丈夫なんですか？」

「うん。熱が下った」

充代が目をパチクリさせていたかと思うと、急いでやって来て、まるで子供の熱をみる母親のように、安原の額に手を当てた。

「――本当だ！」

「さっぱりしたよ。やれやれ、凄い運動をした後みたいだ」

「良かった！　うんと食べて、元気つけて下さいね」

充代の声は弾んでいた。「――あ、汗をかいてるでしょ。着替えないと」

「うん……。いいよ、自分でやる」

「でも――」

「汗くさいだろ」

「平気です。赤ん坊のオムツまでかえてたんですもの」

「おいおい、赤ん坊と一緒にするなよ」

と、安原は笑って言った。

「すみません」

充代がペロッと舌を出した。安原は、充代が女の子らしいことをするのを、初めて見た、と思った。

「君……。ずっと起きてたのか」

「でもウトウトして——」

と、言いかけて、ふっと気付いた様子で、「すみません。帰らなきゃいけなかったのに……」

と、顔を伏せた。

「いや——いいんだ」

と、安原は言った。「ありがとう」

充代が顔を上げる。

安原は、充代の腕をつかんで引き寄せると、唇にキスした。充代は目を閉じて、されるままになっていた。

鍵が鳴るのに気付いた時は、もう遅かった。ドアが開いて、百合と洋子の二人が、立っていたのだ。

6

安原は、まだ充代を抱き寄せたままだった。——充代が、ハッとして離れる。

「お兄さん……」

と、百合が言った。「ゆうべ、その子が帰らなかったんで、心配で見に来たの」

そして百合は、青ざめた顔で立っている洋子の方へちょっと目をやって、

「洋子さんも心配だと言うんで、一緒に……」

洋子が上って来た。

「どういうことなの」

と、充代に向って、「病気の時に優しくして、うまく誘惑したってわけね」

「おい、よせよ」

と、安原は言った。

「すみません」

と、充代は頭を下げた。「そんなつもりじゃなかったんです。私――つい眠り込んでしまって」

「じゃ、さっさと帰ってよ」

「はい」

充代は、立ち上ると、エプロンを外した。

「もう二度と来ることないわ」

と、洋子は声を震わせている。「全部、自分の物は持って帰って」

「私のものは――別にありません」

「そう。じゃ、あんたのおじいさんのものも。――渡してやりなさいよ。まだどこかに入ってるんでしょ、あの帽子とかメガネとか、パチンコの玉とか。――ふざけるのにもほどがあるわ！」

充代は、目を見開いて、身動きしなかった。

「メガネ？ ――おじいさんのメガネがここに？」

「そうよ。あんたと同じ、賭けで負けて渡したのよ。それも持ってってほしいわね。何もかも」

充代は、固く両手を握り合せると、

「失礼します」

と、早口に言って、玄関から飛び出すように出て行った。

「おい、待てよ！」

と、安原が起き上る。「止めるんだ、百合！」

「放っときなさいよ」

と、洋子が安原の腕をつかんだ。「あの子の方が大切なの？」

「そうじゃないんだ！　メガネのことが――。百合」

「お兄さん――」

「俺が行く！」

パジャマ姿のまま、安原はサンダルを引っかけて玄関から飛び出した。

「お兄さん！　危いわよ！」

と、百合が叫ぶのを背に、安原は階段を駆下りて――めまいがした。危うく、手すりにつかまって、転ばずにすんだ。

「――充代君！　待ってくれ！」

アパートから走り出た安原は、駆けて行く充代の後ろ姿へ、呼びかけた。「おい！」

と、駆け出す。

しかし、足に力が入らない。何といっても四日間も、高熱で寝ていたのだ。膝がガクガクして、走っているつもりが、よろよろと歩いているだけである。

「充代君！　――ちょっと！」

車が走って来て、クラクションを鳴らした。

危い、よけなきゃ。――頭ではそう思ったのだが、体の方が……。

なまじ、向きを変えようとしたのがいけなかった。頭がクラッとして、天と地が大きく回転した。

安原は、ドサッと道の真中に倒れてしまった。車のブレーキが鳴る。タイヤが悲鳴を上げてスリップした。


「馬鹿よ、あなたは」

と、洋子が言った。

「うん」

「風邪が治ったら、今度は足を折るなんて。お話にもならない」

「分ってる」

と、安原は言った。

「運が良かったのよ、それでも。分ってるの？　ひかれてたら、今ごろは天国か地獄のどっちかよ」

「どっちかな」

「さあね」

――確かに、幸運だったし、トラックの運転手の反射神経にも、感謝すべきだったろう。

あと一メートル、トラックが進んでいたら、安原は、命を落としているところだったのだ。

もちろん、足の骨折ということで、今度は入院。――寝たきりである。

「一カ月ぐらいは、おとなしくしてるのね」

「うん……」

と、安原は小さく肯いた。「なあ、洋子」

「何？　言いわけなら、聞きたくないわ」

と、洋子は言ったが、声の調子は怒っていなかった。

「メガネのことさ。――あの子のおじいさんが焼け死んだのは、あのせいかもしれなかったんだ」

「何のこと？」

安原が話してやると、洋子は肯いて、

「ふーん。それで、あの子もショックだったわけか」

「な、怒るなよ。あの子に――キスしたのは言ってみりゃ感謝の気持だったんだ。よく看病してくれたからね」

「私だって、つきっきりで、看病してあげたかったわよ」

と、洋子は言い返した。「ただ、仕事が忙しくて、とてもできなかったけど」

「分ってる。――なあ、機嫌直してくれよ。もうあの子は戻らないだろうし」

「そうね」

と、洋子は肩をすくめた。「でも、ちょっと遅かったみたい」

「遅かった?」

「私はね、他にもいくらも男がいるの」

「おい……」

「あなたなしでも、別に寂しくて死にゃしないわ」

「じゃあ……。これきりかい?」

「誤解しないで。人助けをするのよ」

「人助けって?」

「あなたなしじゃ死んじゃいそうな人がいるから、その人にあなたを譲ってあげるの」

「洋子――君の言うのは――」

洋子が、病室のドアへと立って行って開ける。

充代が、両手を胸の前で組んで、立っていた。

「入って」

と、洋子は促した。

「すみません……。私のせいで、こんなことになって」

と、ベッドの方へやって来た充代は、うなだれた。

「あなたのせいじゃないわよ」

と、洋子が充代の肩を叩いた。「この人が馬鹿なだけ。──私ね、忙しいから、そばについていられないわ。あなた暇でしょ？　面倒みてやって」

充代が唖然としている間に、洋子は、

「じゃ、早く退院できるように、おとなしくしてるのよ」

と、安原の方へ手を振って、病室を出て行った。

──充代は、ベッドの傍の椅子に腰をおろした。

「また看病させるね」

「いくらでもします」

と、充代は言った。

「僕のことを恨んでないの？」

「あのメガネのことですか？　おじいさんが自分で渡したんですもの。あなたのせいじゃありません」

「そうか。——ホッとしたよ」

「でも……」

「何だい？」

「永島さんと、仲直りできたんですか？　私のせいで、何だか……」

「心配するなよ。彼女はさっぱりした、いい人さ」

「それならいいんですけど」

「僕らの結婚式にも招待しよう、彼女を」

と、安原が言うと、充代はポカンとしていた。

「僕らの……？」

「十八の女の子と結婚したら、社内でさぞ、からかわれるだろうな」

と、安原は微笑んだ。「少し、先にのばすかい？」

充代の頰が燃えるように赤くなった。

「いいえ！」

と、首を振って、「今すぐでも！」

安原が手をのばすと、充代は身をかがめて、唇を重ねた。

病室のドアを開けかけた百合が、

「またわ……」

と、呟いて、今度は中へ入らずに、ドアをそっと閉じてしまった。


「――ここが僕のアパート？」

杖をつきながら、部屋へ入った安原は、目をみはった。

カーテンから照明から、全部新しくなって、二倍も明るいようだ。もちろん、入院している間に、充代が「改装」したのである。

「少し若向きすぎる？」

と、充代が照れたように言った。

「いや、若返っていいよ、僕も」

「足もと、気を付けて。――その椅子に腰をかけて」

「ありがとう。やれやれ……」

やっと退院して、来週には出勤できるということだった。

今週の内に、両親にも来てもらって、充代を紹介しようと安原は思っていた。年齢は離れているが、別に反対はしないだろう。

「何か食べる？」

と、充代が訊いた。

「いや、いいよ。君も少し休め。君の方が寝込んじまうぞ」

「私は大丈夫。こんなに元気だったこと、ないみたい」

部屋のせいだけでなく、充代は明るく輝くようだった。――充代は、引出しからトランプを出して来た。

「見付けたの、これ」

「ああ。いつか、忘年会の景品でもらったんだ」

「いい品だわ」

「分るのかい？」

「ええ」

充代は、カードを出すと、両手で軽くさばいて、それから、広げた右手から左手へ、見えない糸でつながっているかのように、みごとに飛ばして見せた。

「――凄い！」

と、安原は目を丸くした。

「おじいさんの仕込み」

と、充代は微笑んだ。

「おじいさん、カードが得意だったのかい？」

「ええ。カードの手品で稼いでたんですもの、昔は」

カードの手品……。

そんな名人が、安原相手のポーカーで、なぜ負けつづけたのだろう？

安原は、楽しげにカードをいじっている充代を見ていて、ふと、思った。

あの老人は、わざと負けたのではないか。――ビュッフェで、見知らぬ老人の代金を払ってくれるお人好しを見付けて、心配だった孫娘の将来を、この男に委ねたい、と思ったのではないか。

そのために、わざとポーカーの勝負を挑み、自分は負けつづけた……。

名刺の一枚ぐらい、かすめ取るのも、簡単だったろう。安原が4のワンペアだと知って、自分は3のワンペアを「作った」のではないか……。

もちろん、それは推測だ。それに、メガネを渡した時、老人がすでに死ぬ気でいたとも限らないが、しかし――。

「どうしたの？」

と、充代が安原を見上げる。

その明るい瞳は、老人が安原に渡したあの写真の中の輝きを、取り戻していた。

「何でもない」

と、安原は首を振って、言った。「キスしてくれないか」

充代は立ち上って、安原の首に腕をからめると、

「おじいさんのお葬式で、一目見た時、この人と一緒になるんだって思ったの」

と、言った。

「僕も、君の写真を見た時、そう思ったよ」

「本当？」

「ああ」

――少しは嘘でも構わない。それでお互い、幸せになるのなら。

あの老人も、きっとそう思ったのだろう。

二人の唇は、出会って、しばらくは離れなかった……。

私だけの巨匠

1

巨匠は、大きなスーツケースを前に、空港の、お尻がツルツル滑って座りにくいプラスチックの椅子に腰をおろしていた。

風谷(かぜたに)は、必死になって駆けて来たのだったが、一向に体は熱くならなかった。むしろ、心臓が鼓動を早めるにつれて、顔から血の気がひき、体は冷え切って来るように思われた。

――巨匠が一人、ポツンと椅子にかけているのは、すぐに目に入ったが、風谷は足を止めたなり立ちすくんで、しばらくは近寄ることもできなかった。

一つには、そこに本当に英秀治郎(はなぶさしゅうじろう)がいる、ということが、すぐには信じられなかったからで、もう一つには、迎えに出る役目でありながら、何と一時間近くも、空港へ来るのが遅れてしまったからである。

成田は、今やシーズンに関係なく混雑している。「混んでいる時期」と「特に混んでいる時期」があるだけだ。

英秀治郎の前を、くたびれ切ったコンダクターに引き連れられて、両手一杯のみやげ物をさげたツアーの団体客がひっきりなしに通りすぎて行く。

たぶん、彼らの大部分も、英秀治郎の名前ぐらいは知っているはずだ。——世界に通用する、数少ない日本人作家。次期ノーベル文学賞の有力候補。

イギリスに住んでいるので、そうひんぱんにＴＶや雑誌、新聞の類(たぐい)に顔を出すことはないが、それでも、いくらかでも小説を読む人間なら、豊かな白髪と、多少西洋の血でも入っているかと思われる彫りの深い顔、そして知性と共に暖かい人間味を感じさせる眼の、その巨匠を、見知っていないはずはなかった。

それなのに——空港の椅子にポツンと一人で座っている巨匠に、誰一人、気付かないのである。

いつまでも、突っ立って眺めているわけにもいかなかった。風谷は、深呼吸をして、ちょうど人の流れが途切れた時、英秀治郎の方へと歩いて行った。

「英先生でいらっしゃいますね」

分り切ったことではあるが、一応、声をかけるのが礼儀というものだろう。声は多少上ずっていた。

「お迎えに上りました。遅れまして申し訳ございません」

怒鳴られても仕方ない状況だった。——もちろん、いつもなら充分に間に合う時間に、風谷は会社を出ていた。

電車の事故で、二時間も遅れた。乗るはずの飛行機に間に合わない、と泣きべそをかくOLのグループをなだめたりしながら、風谷は果して英秀治郎からどう言われるかと考えて、生きた心地がしなかったのである。

しかし、電車が遅れて、といった言いわけはしない。これは風谷の職業人としての信念である。待たされた方にとっては、理由などどうでもいいのだ。

当然来ているはずの人間が来ていない、ということだけが大切なのだから。

「K旅行社の風谷と申します。お疲れのところを、すっかりお待たせしてしまって、本当にお詫びの申し上げようもございません」

深々と頭を下げると、

「ご苦労さん」

と、思いがけず穏やかな声が返って来た。「アナウンスでくり返していたよ。電車の事故でずいぶん遅れたようだね」

風谷はホッとして、一気に緊張がとけて来るのを感じた。

「私はまあ、降りた方だからいいが、乗る人は大変だったろうなと思うよ。——ま、日本にいる間はよろしく」

巨匠に頭を下げられて、風谷はあわてて、

「こちらこそ！　よろしくお願いいたします」

と、激しい勢いで頭を下げ返していた……。

風谷が、英秀治郎の日本滞在中、世話をするように、と言われたのは、つい三日前のことだった。

風谷はハワイ方面のツアーに添乗して、疲れ切って帰ったところだった。

「ＶＩＰの世話をしてくれ」

と、上司に言われて、風谷は、ムッとした。

めったなことでカッとなる男ではないのだが、並のグループの添乗の何倍も神経を使う有名人の世話をするとなると、その疲れ方も何倍かになる。

ただでさえ、疲れ切っているところへ、そんな仕事を回されちゃかなわない！

たもので、

「お前、本が好きだったろ」

と、言った。

「それがどうかしたんですか」

と、風谷は喧嘩腰に言ってやった。

「VIPってのは、英秀治郎だ」

風谷は、しばし言葉を失った。そして、

「あの英秀治郎ですか？」

と、馬鹿なことを訊いたりした。

「お前が一番向いてると思うんだが」

「分りました」

と、風谷は言って——しかし、その時にも、あまり本気にはしていなかった。

——風谷充夫も四三歳。コンダクターとしてはベテランである。しかし、上司の方はのんびりしたもので、
上司にかみつくぐらいはどうってこともなかった。
来るといっても、間際になって取りやめることもあるだろう。作家なんて、気紛れなものだからな。特に、「巨匠」と呼ばれる人間は……。

「――マスコミが迎えに出ていなくてホッとしたよ」

と、英秀治郎は、風谷が用意したハイヤーの中で、言った。

とりあえず、予約したホテルのスイートルームに落ちつかせなくてはならない。

「しかし、不思議ですね。先生がおいでになるのを、知らなかったんでしょうか」

「出版社にも、厳重に口止めしたからね」

と、英は微笑んだ。「『今のお気持は？』なんて馬鹿げた質問くらい、腹の立つものはないよ」

「全くですね」

風谷は長いコンダクター生活で、あらゆる人々に接して来た。もの分りが良さそうで、それでいて、わがまま放題の客。つい敬遠したくなるタイプに見えても、その実、気持よく付合える人間もいる。

英は、いかにも穏やかで、安心して接していられそうに思えた。風谷は少しホッとしていたのである。――どんなに気むずかしい老人かと気が気でなかったからだ。

「日本へは何年ぶりですか」

と、風谷は訊いた。

もちろん、事前にそんなことは調べてある。ただ、話のきっかけが必要だったのである。

「そう……。もう二十年近くかな」

と、英は言った。

「その間、一度も戻られなかったんですか」

「私はね、ほとんど親戚なんてもののない身で、帰国する理由も特別になかったんだよ」

「じゃ、ほとんどのお作は、イギリスで」

「そう。イギリスも片田舎に引っ込んでね。まるで時間が止っているような、小さな村だ」

「すばらしいですね」

と、風谷は少し大げさに嘆いて見せた。「私は一年中、あちこち駆け回ってますからね。せめて一カ月、毎日家へ帰りたいと思いますよ」

英は、少し興味を持った様子で、風谷を見た。

「風谷君だったかな」

「はい」

「私の本を読んだかね」

「もちろんです」

と、即座に答える。

決してこの仕事のための付け焼刃ではなかった。

「家内も先生の大ファンでして。お書きになった本は、すべて我が家の本箱に並んでいます」

「それはありがとう」

英は、笑顔で肯いた。

「時に先生」

と、風谷は言った。「一つおうかがいしたいんですが、どうしてイギリスへ行かれたんですか。ドイツとかフランスとかでなく、イギリスへ」

「簡単だよ」

と、英は言った。「名前が英国の〈英〉だからね」

「あら、どうしたの?」

早百合(さゆり)は、夫が玄関のドアを開けて入って来るのを見て、面食らったように言った。

「帰って来たんだぜ。ここは自分の家だからな」

と、風谷はとぼけた口調で言った。

「それぐらい分ってるわよ。でも——」

と、早百合が言いかけると、

「あれ、お父さん、珍しいね、こんなに早く」

娘の由紀(ゆき)が顔を出す。もう一六歳。高校生の生意気盛りである。

「もう晩飯はすんだのか?」

と、風谷はネクタイを外しながら、言った。

「これからよ」

早百合は、不思議そうに、「食べるの?」

「ああ。腹ペコだ」

「そんなこと……。急に言われても、困るわ。だって、あなた、今日は重要人物のお守りだって言ってたじゃないの」

「ああ、言ったとも」

「中止になったの?」

「いや。ちゃんと空港で出迎えて、ちゃんとホテルまで送った」

「ともかく、食事は部屋で一人でとる。他の人はいない方がありがたい。食べ終えたら、疲れたから寝る。明日は午前中用事がないので、お昼に迎えに来てくれれば充分。ではグッドナイト。——というわけさ」

風谷は、大きく伸びをした。

「じゃ、あと一品、何かおかずをこしらえるわ」

と、早百合も笑いながら言った。「少なめのおかずで、我慢してね」

「ああ。適当にお茶漬でも何でもするから構わない」

風谷は、台所へ入って行く早百合について行きながら、「今日の客のサインをもらって来たぜ」

と、言った。

今日、世話する相手が誰なのか、早百合には言っていなかったのである。

「へえ。映画スターか何か？」

と、早百合は冷蔵庫を開けながら言った。

「いや。お前もよく知ってる名さ。——英秀治郎だ」

——早百合は、風谷が予想していたのと、全く違う反応を見せた。

「じゃあ——」

冷蔵庫の扉を開けたまま、ゆっくりと夫の方へ顔を向けて、

「誰ですって？」

「英秀治郎さ。――お前、よく読んでるじゃないか」

風谷は、上衣のポケットから、英の著書の文庫本を取り出した。「ほら、〈迷いのとき〉にサインしてもらった。お前の名前を入れてさ」

「私の名前を？」

早百合は、風谷が戸惑うような勢いで、パッとその本を手にとった。――見返しに、〈風谷小百合様　英秀治郎〉と端正な字のサインがある。

早百合はじっとそのサインを見つめている。――風谷は、

「おい、冷蔵庫の扉、開けっ放しだぞ」

と、注意したが、早百合は聞いていないようだった。「冷蔵庫の――」

「え？」

ふと我に返った様子で、「ああ、そうね」

と、扉を閉め、それからまた開け、あわてて必要なものを出した。

「どうかしたのか」

「何でもないの。びっくりしたのよ。だって……ずっとイギリスにいて、帰って来な

いのかと思ってたから」

「うん。何だかこっちに残してある土地のことで、どうしても帰って来なきゃいけなかったらしいよ。だから、マスコミもほとんど知らないんだ。出版社の方で、何かレセプションを企画しているらしいけど、当人はいやがってたね」

「そう……」

早百合は肯くと、「すぐにできるから、着替えて来たら」

と、流しに向った。

風谷がサインしてもらった文庫本は、トースターの上にのせたままだ。風谷は、何となく肩すかしを食わされたような気になって、ちょっと妻の後ろ姿を眺めていたが、やがて肩をすくめて、台所を出ると、奥の寝室へと入って行った。

2

英のホテルには昼ごろ行けばいい、というので、翌日、風谷は午前中に会社へ顔を出した。

隣の席では、同年輩の鎌田が足を机の上に投げ出して、何やら苦情の電話をかけている。

「――そういうことなら、こっちもね、少し考えさせてもらうよ。ま、おたくの課長によく言っとくんだね。キャンセルしたって、こっちは一向に困らないんだって」

鎌田はポンと受話器を投げつけるように戻した。

「また、業者いじめかい？」

と、風谷は苦笑して、「こっちがとばっちりを食うんだ。少し控えろよ」

「これが俺の唯一のストレス解消さ」

と、鎌田は言って欠伸をした。「ふんぞり返った連中ばっかりのツアーだぜ。少しは女の子でも泣かして、うっぷん晴らしをしなきゃ」

同年代ではあるが、鎌田は週刊誌などのフリーライターをしばらくやってから、この会社へ入って来た。ツアーコンダクターとしては、やっと四、五年のキャリアしかない。

「風谷、例の巨匠のお守りだって？」

と、鎌田は言った。「もうクビかい？」

「違うよ。昼ごろ来い、ってご指示だ」

「ふーん。しかし、さっき課長の所へ電話があったらしいぜ」

「英さんから？　本当かい？」

何だろう？　風谷は急に不安になった。

「――おい、風谷」

と、ちょうど課長が呼んだので、ドキッとする。

「はあ」

「ちょっと来てくれ」

やっぱりクビか？　――何かホテルの方で、まずいことでもあったんだろうか。

課長は、空いた会議室に風谷を連れて来ると、座らせた。

「英先生から、何か……」

昨日、成田へ出向くのが遅れたことだろうか？　人によっては、後になって思い出したように怒る人間がいる。

「うん。電話でな、お前がよくやってくれてる、と感謝された」

「そうですか……」

「ぜひ途中で人を変えず、終りまで、せいぜい一週間だから、お付合い願いたい、ってことだ」

「はあ」

風谷は首をかしげた。そんなに気に入られるほどのことを、した覚えはない。

「今夜、Tホテルで、出版社主催のレセプションがある。お前にもぜひ出てくれ、ってことだ」

「分りました」

「正装だぞ。相当な顔ぶれだ。失礼のないようにしろよ」

「正装というと……。やっぱり背広でないとまずいですか」

ツイードに替えズボンという格好だったのである。しかし、ネクタイはしているから、まあいいんじゃないか……。

「馬鹿。こんな場合はタキシードだ」

と、課長は言った。「持ってるだろ、一つぐらい」

「タキシードですか?」

風谷は目を丸くした。

確かに、ツアーによっては、必要なこともあるが、その都度借りてすませている。

「持ってませんが」

「じゃ、どこかで借りるかどうかしろ! いいな、うちの社員として、恥ずかしくない格好をしろよ!」

うちの社にふさわしいのは、せいぜいポロシャツとジーパンだろう、と風谷は思ったが、口には出さなかった。しかし——昼には英の泊っているホテルへ行かなくてはならないし、どこでタキシードを用意しよう？

ホテルなんかで借りたら高いものにつくだろうし、その分、社で持ってくれるわけもない……。

席へ戻ると、風谷は急いで家へ電話を入れた。今日は確か早百合がエアロビクスへ行く日だが……。もう出てしまっただろうか？

しばらく呼出し音が続いて、諦めかけた時、

「はい、風谷でございます」

「早百合か！　良かった！」

「あなた。——何なの？　今、玄関を出ようとしてたのよ」

「おい、悪いがな、タキシードをどこかで都合してくれ」

「何ですって？」

早百合は呆れたような口調で、訊き返して来た……。

あと五分でパーティが始まる、という時、ホテルの宴会場のロビーを急ぎ足でやっ

て来る早百合の姿が見えた。

やれやれ……。間に合ったか！

両手に大きな紙袋をさげた早百合は、少し息を弾ませて、

「入口が違うから、分らなくて……。ややこしいのね。このホテル」

「揃ったか？」

「シャツから、タイ、靴、ハンカチまで全部ね。重い！」

「悪かったな」

「お礼は物で返してよ」

と、早百合は笑って言ったが、額には汗が浮かんでいる。「さあ、早く着替えて！もう始まるんでしょ」

「ああ。脱いだ上着とかズボン、持って帰ってくれるか？」

「いいけど……。ずっとその格好で帰って来るの？　クロークへ預ければいいじゃない」

「それもそうか。――しかし、パーティの後、どこかへ出ることになるとな……。ずっと持って歩くことになるし」

風谷も迷っていた。「ともかく着替えるよ！　――あ、先生」

風谷は、タキシード姿の英秀治郎がやって来るのを見て、

「今すぐ行きます。やっとこタキシードが届いて」

「あわてることはないよ」

と英が笑って、「私が行かなきゃ、始まりっこないんだから」

「そうでしたね。あの――家内です。これを届けてくれて――」

早百合が、英の方を振り向いた。そして、深々と頭を下げると、

「主人がお世話になりまして」

と言った。「それに、サインをありがとうございました」

「いや、こっちこそ、ご主人にご面倒をかけてますよ」

英は穏やかに言った。「すばらしいご主人をお持ちで、幸せでいらっしゃる」

風谷は少々照れてしまった。英は、

「向うのソファで待ってるよ」

と、歩いて行った。

「どうだ？」

と、風谷は低い声で言った。「感じのいい人だろ？」

「ええ」

早百合は肯くと、「ともかく私、帰ってるわ。由紀一人にしておけないもの」

「そうか。ま、大丈夫だ。何とかするよ」

早百合は足早に行きかけて、振り向くと、

「借り物よ、お料理で汚さないでね」

と、おどけた調子で、言ったのだった……。


パーティは、初めの内、いかにも堅苦しかった。お偉方の挨拶というものくらい、面白くないものはない。

英秀治郎も短い挨拶をしたが、決して話し慣れているとは言えなくても、その著作のように、誠実で、むだがなく、人柄をよく表わしていて、風谷は感動したものだ。

そして立食パーティは、しばし歓談の時間に入った。

昼をあまり食べていなかった風谷は、せっせと皿に料理を取って食べていたが……。

ふと気付くと英は、一見してパーティの客でないと分る、記者らしい男につきまとわれていた。

風谷は舌打ちした。自分がそばについていなければならなかったのに！

急いで近寄って、

「ちょっと」

と、その男の肩を叩いた。「この場でのインタビューは困るんですがね」

「こっちも仕事なんでね」

と、その若い記者は、引き退がる様子もなく、「先生の〈迷いのとき〉のモデルになった、若い恋人——確か、お嬢さんの親友だったんですね。その人とは会われましたか」

「君ね、このパーティに招待されてるわけじゃないんだろう」

と、風谷は少し強引に割って入った。

「質問に答えてもらうだけですよ！」

相手も強情で、自然、二人は押し合う形になった。

「どいて下さい！」

一瞬、もみ合いになって、風谷がよろけたところへ、料理を一杯にのせた皿を手に、やって来た客がいた。

アッと思った時は、風谷はその客にぶつかって——ソースが無残にタキシードの胸を染めてしまったのだった……。

「——おい、風谷」

トイレで、濡らしたハンカチを汚れに当てて、少しでも落とそうとしていた風谷は、鏡の中に、鎌田の顔を見付けて、面食らった。

「鎌田。何してるんだ?」

「ちょうど用があってね。寄ってみた」

鎌田は少し酔っている様子だった。「見てたよ。あの記者はしつこいんだ。俺も知ってるが」

「参ったよ。英さんが迷惑したろう」

濡れたシャツが冷たくて、風谷は顔をしかめた。「やれやれ。——これ以上は落ちそうもないか」

鎌田は、壁にもたれて、腕組みすると、

「あの話は知ってたか?」

と、言った。

「何のことだ?」

「〈迷いのとき〉さ。妻子があって、娘の親友と愛し合ってしまう。——あれが央秀治郎のイギリス行きの原因だ」

「ああ、そんな話があったな。しかし、二十年以上も昔のことじゃないか。大体、事実かどうか――」

「事実だ」

と、鎌田は言った。「俺はライターだったころ、調べたことがあるんだ。離婚した、英秀治郎の元の妻と娘にも会った」

「そうか」

「――英の恋人だった、娘の親友ってのも、捜し当てたが、会っちゃくれなかった。週刊誌の企画でね。会ったような記事をでっち上げたけどな」

と、鎌田は笑った。

「興味ないよ、人の過去なんか。それに小説は小説だ」

「そりゃそうだ。しかし、当事者にとっちゃ、そう割り切れないだろう」

風谷はペーパータオルで手を拭きながら、

「何の話だ？」

「――英秀治郎は何のために帰って来たか」

と、鎌田は記事でも読み上げるような調子で言った。「表向きはともかく――自分の過去を訪ねたくなったのかもしれん」

「どうしてそんなことが分る？」

と、風谷は言って、トイレを出た。「パーティに戻るよ」

「風谷」

と、一緒に歩きながら、鎌田が言った。「お前の奥さん、旧姓は松原（まつばら）だろう」

風谷は面食らって、

「ああ、そうだ。——どうして？」

「英が、昔恋した少女の名前はな、松原早百合」

鎌田は、クルッと背を向けて、ロビーを立去った。

風谷は——自分が夢でも見てたんじゃないか、と、しばらく考えていた……。

3

チャイムを鳴らして、しばらくは返事がなかった。

しつこく鳴らして、眠っているところを起こしてしまうのもはばかられて、風谷は迷っていた。——しかし、今日は十一時に迎えに来ることになっていたのだ。

英秀治郎が、昔住んだことのある、鎌倉の方へ出かけたいということだったので、その案内が風谷の役目である。

もう一度チャイムを鳴らそうか、と手を上げかけた時、ドアの向うに物音がして、カチッとロックが外れた。

「やあ、おはよう」

ドアが開いて、まだガウンをはおったままの英が顔を出した。

「おはようございます」

風谷は頭を下げた。「下のロビーでお待ちしております」

「いや、結構」

と、英は首を振って、「せっかく来てもらって悪いが、ちょっと疲れてしまってね。今日は一日、ここでのんびりしてるよ」

風谷は、やや戸惑った。

「しかし……鎌倉へお出かけでは？」

「そのつもりだったが。――何なら他の予定を変えてもいい。今夜、電話をくれたまえ。相談しよう」

「そうですか……」

「何かまずいことでもあるかね」

「いえ、そんなことは……。ただ、お車ですし、お出かけになられても、そうお疲れになることもないかと――」

「今日はいいんだ」

英は、少し苛々した様子で、「夜電話をくれ。分ったね」

と、ドアを閉めてしまった。

――風谷自身、不思議だった。

どうしてあんなにしつこく言ったのか。いつもなら、向うが「出かけない」と言えば、すぐに引きさがったはずだ。それなのに……。

風谷は、ホテルのラウンジに入って、一息つくことにした。

どうかしてるぞ。落ちつけ。――自分にそう言い聞かせた。

コーヒーをゆっくりと飲む。

もちろん、どうってことはないのだ。英がちょっと気を変えただけで……。そんなことは、少しも珍しくない。

特に「有名人」というのは、コロコロ気を変えるものである。

松原早百合。――英秀治郎が、二十年以上も昔に恋した少女。松原早百合。

本当だろうか？　いや、本当だったのだ。

風谷は、英秀治郎に関する資料を調べてもらって、鎌田が書いたという記事も見付けた。他にも、いくつかの記事で、早百合の名前は出ていた。

その時、早百合は一六歳だった。英は四二歳で、妻と一六歳の娘がいて、早百合はその娘の親友だったのだ……。

いや、風谷は早百合が、その出来事について何も話さなかったことにこだわっているわけではない。とっくに終った恋のことを、夫にいちいち打ち明ける必要もないのだ。

ただ……問題は英の方だった。英が帰国したのはなぜなのか。

そして——風谷が英の世話をすることになったのは偶然なのかどうか。世間には、そういう偶然も存在するだろう。しかし、もし偶然でないとしたら？

イギリスにいても、早百合が今どうしているか知るのは容易だろう。その夫が、たまたま旅行社に勤めていることを知って……。

「考えすぎだ！」

と、風谷は口に出して言った。

今さら早百合に会ってどうしようっていうんだ？　もう早百合は四〇歳。英だって六六になっている。

いや——恋のできない年齢ではないとしても、早百合は……。早百合がそんなことをするわけはない！

風谷は、ふとロビーの方へ目をやった。ラウンジからは、ロビーが眺められるのである。

英秀治郎が歩いて来るのが見えた。フロントにキーを預け、正面玄関から出て行く。

風谷は、思わず腰を浮かしていた。

英が外へ出ると、すぐにハイヤーらしい黒い車が停って、英がその中へ消える。

そのハイヤーに、誰かが先に乗っていたように、風谷の目には映った。しかし、ラウンジからではあまりに遠く、かつガラスの扉の向うのことでもあり、はっきりとは見定められなかったが……。

風谷は、腰をおろした。——英が、風谷抜きでどこかへ出かけたいと思っても、不思議はない。

そんなこと、よくある話だ。よくある……。

風谷は、立ち上るとラウンジを出た。

公衆電話を見付け、自宅へかけてみる。——今日はどこかへ出かける日だったろうか？

いつの間にやら、テニスを習っていたり、ゴルフを始めていたり、という具合なので、何曜日に早百合が家にいるものか、風谷はよく知らないのである。

電話は鳴り続けたが、誰も出なかった。――もちろん、だからといって早百合が英と一緒に出かけたということにはならないが。

切ろうとした時、

「はい。――もしもし」

と、受話器が上った。

「何だ、いたのか」

ホッとして、同時に風谷は自分がひどくこっけいに思えた。

「今帰って来たの。また出るんだ」

風谷は気が付いた。早百合ではない。

「由紀か」

「誰だと思ったの？」

と、由紀は笑った。

「母さんは？」

「出かけてるみたいよ。私、今日は学校が早く終ったの。お母さんに用？」

「いや——そういうわけじゃないが。どこへ行ってるのかな」

「さあ……。あ、待ってね」

少し間があって、「——メモがあった。〈ちょっと遅くなるかもしれないから、何か外で食べて〉ですって。お父さん、帰りは早いの？」

「ああ。——いや、ちょっと分らない」

「私、友だちの所に行って来る。夕ご飯、そっちで食べて来るからね」

「ああ。分った」

「じゃあね」

由紀はあわただしく電話を切ってしまった。——風谷は、そっと受話器をフックにかけた。

テレホンカードが戻って来て、ピーッと音をたてた。

早百合は、英と出かけたのだ。

でなければ、英が風谷に嘘をつく必要はないはずである。

鎌倉か。——早百合は、結婚前、鎌倉の近くに住んでいた。おそらく、英と会った時もそうだったのだろう。

二人が会うのは、たぶんいつも鎌倉のどこかだったのに違いない。——鎌倉へ行ってみようか？

一瞬、そう思って、風谷は苦笑した。鎌倉中捜して回るのか？　馬鹿げてる！　それに——二人が外で会っているとどうして分る？　どこかのホテルの一室で、身を寄せ合っていないと……。

やめよう。——勝手な想像だけで苦しむのは。一日、暇になったんだ。そう考えて、のんびりしよう。

風谷はホテルを出ると、どこといって、あてもなく、歩き出した……。


結局、会社へ来てしまった。

暇になったといっても、遊びに出るには気がとがめるのである。

「——何だ。どうした？」

風谷が出社して来たのを見て、課長が不思議そうに声をかけた。

「英先生はお疲れなので、今日は一日ホテルで休まれるそうです」

と、風谷は言った。

昼間の旅行社は、残っている社員の方が少ない。特に今日は、他に女子社員が二、三人いるばかり。

「そうか」

課長は、肯いていたが、「ちょうどいい。――風谷、ちょっと来てくれ」

「はあ」

何もわざわざ会議室で話さなくても、と思うのだが、ともかく課長について行く。

「――まあ、かけろ」

課長は大分くたびれている様子だった。

「何かあったんですか」

「どうもな……」

と、課長は首を振って、「K社がうちを吸収したがってる、って噂があるんだ」

「はあ……」

風谷は呆気にとられた。――寝耳に水、とはこのことである。

「K社と比べりゃ、うちなんか小さいもんだ。しかし、うちも伝統という点では、業界でも古手の一つだし、長いお得意もいる。K社に吸収されて、今さらハネムーンツアーについて歩く気はせんよ」

と、課長は苦笑した。

「それは確かな話なんですか?」

「いや、上の方での話し合い、って段階らしい。――なあ風谷。どうする、もしK社に吸収されるってことになったら」

「そうですね……」

突然のことで、考えも何もあったものではない。「まあ、その時になったら、考えますよ」

のんびりと返事をした。

「その時じゃ、遅いかもしれんぞ」

課長は、どうやら相当深刻に思い詰めてるらしい、と風谷は思った。

「しかし、どうするといっても……」

「これは秘密なんだが――」

と、課長が身をのり出した。「いいか、これからの話は、誰にも言うなよ」

風谷は、何だか知らないが、むやみに腹が立って来た。

秘密か。秘密なんか、もう沢山だ。

「じゃ、僕にも言わないで下さい」

と、風谷は立ち上って、「聞くと黙ってられない性格でしてね」

――面食らっている課長を後に、風谷はさっさと会議室を出て行った。

その夜、早百合が帰って来たのは、十時近かった。

「大学のころのお友だちに誘われちゃって」

と、明るい声で、「でも、若返ったようで、楽しかったわ」

「そうか」

風谷は、早百合と目を合せないように新聞を開いていた。

「あなた、何か食べて来たの？」

「うん。外で食べた」

「そう。――今日は英先生と、どこへ行ったの？」

自然で、屈託のない訊き方だった。これが早百合の演技だったら、風谷は、妻がいかに名優であるか、これまで知らずにいたことになる。

「今日は先生、お休みさ。今夜また電話することになってる」

「あら、そうだったの？」

由紀が顔を出した。

「お母さん、お腹空いたよ！」

「食べたんでしょ？」

「食べたけど、足らない」

「じゃ、何かあったためて……。冷凍してあるのでいい？」

「うん」

「もう十六でしょ。自分でやりなさいよ」

と、早百合は台所の方へ歩いて行きながら、苦笑した。

そうだとも、母さんが一六の時にはな、母さんは自分の父親ぐらいの男と愛し合ってたんだぞ。

まして、四〇にもなれば……。いい加減見飽きた、くたびれた亭主。退屈な毎日。

そこへ、二十年以上も昔の恋人が――それも国際的といっていいくらい知られた作家――巨匠として会いに来たら。一体どんな女が拒めるだろう？

風谷は、何とも奇妙な気持だった。ある意味で一つの歴史にかかわるような――少し大げさだというのか？　しかし、英の「迷いのとき」は、何十年も後の人までが読む傑作であることは、すでに保証されているといってもいい。

その読者にとって、主人公の恋する一六歳の少女は、永遠の存在なのである。――その少女は、やはり「歴史」の中に生きているのだ。そういう女と結婚しているという……。

そんな奇妙に誇らしく、また照れくさく、信じがたくて、迷惑でもある気分なのだった。

「――お父さん、電話よ」

と、由紀が顔を出した。

「ああ。誰からだ？」

と、頭を振る。

「英さん、だって」

風谷は旅行社の社員に戻った。あわてて立ち上り、スリッパをはきそこなって、危うく転ぶところだったのである。

「――今日は悪かったね」

英は穏やかな口調で言った。「ちょっと一人で出かけてみたい所があったものだから……。明日は何かあったかね」

「プレスセンターで記者会見が。おいやなら、私の方から断りますが」

「いや、そうもいかんだろう」

と、英は言った。「私も、次はいつ日本へ戻れるか分らんしね」

「はあ。では午後の二時から――」

「分った。間に合うようにホテルへ迎えに来てくれないか」

「かしこまりました」

「今、電話に出たのは――お嬢さんかね」

と、英が訊いた。

「はあ。何しろ口のきき方もよく分らないもので。失礼しました」

「いやいや。今、おいくつになるのかな」

「十……六です」

「――十六ね。いや、遠い昔だな、私などにとっては」

気のせいか、英の次の言葉まで、心もち間があった。

「はあ……」

「ところで、風谷君」

と、英は少し改った口調で、「私もあさってにはイギリスへ戻る。君にはすっかり世話になってしまったな」

「いえ、とんでもない。何のお役にも立ちませんで……」

「最後に一つ、私の勝手な頼みを聞いてくれないか」

「何でしょうか?」

「明日の夜、君の家で夕食を一緒にとりたいんだ」

「家で……ですか」

「ずっとホテルの食事だしね。一度だけ、家庭料理を味わって、イギリスへ帰りたい。何といっても、イギリスの旨いものは限られてるのでね。どうだろう？　もちろん、何も特別なことをしてくれる必要はない。奥さんさえよろしければ、ということだが……」

「はあ……」

「明日、返事を聞かせてくれたまえ。無理に、というわけじゃないんだ。それじゃ」

「あの――おやすみなさい」

風谷はあわてて言った。

電話を切ると、由紀がそばに立っていた。

「ね、今の人、英秀治郎？」

「ああ、そうだ」

「へえ！　びっくりした！　どこの英さんですか、って訊きそうになっちゃった」

と、由紀は笑っている。

風谷は、台所へ入って行った。

「おい、早百合」

「え？」

「明日、客が来る」

と、風谷は言った。

4

「おい」

ポンと肩を叩かれて、風谷は顔を向けた。

「何だ、お前か」

鎌田だった。――バーのカウンターに並んで腰をかけると、

「やれやれ。やっとグァムから戻ったんだ。疲れるな、ハネムーンツアーの添乗ってのは」

鎌田は笑って、「おい、水割り。――大してやることないが、気が疲れる。お前、例の大先生はどうしたんだ？　もうイギリスへ戻ったのか」

「明日だ」

「ふーん。じゃ、今夜は？」

「さあ。旧交でもあたためてるんだろ」

風谷は、重苦しい気分だった。

職業人として、やってはいけないことをやってしまった。車だけを英のために回し、自分は、「他に急な仕事が入ったので」と伝言したのだ。

今ごろ、英は風谷の家で楽しく食卓を囲んでいることだろう。早百合も、夫がいなければ、気がねもなく英と話ができるというわけだ……。

由紀も一緒だが、母親が、かつて「巨匠」の恋人だったと聞いて、どう思うか……。今の子はドライである。友だちに自慢する種ができた、ぐらいのことかもしれない。

どっちにしても、風谷がいては、英も、早百合も気詰りに違いない。

職業人としてはだめでも、俺はやはりそうすべきだったんだ。風谷はそう思った。

「お前の奥さんだってことを、知ってるのかな、大先生は」

と、鎌田は言った。「知ってるだろうな。偶然、お前が担当したとは思えないものな」

「そうだな」

風谷は大して気にしていなかった。――本当だ。どうでもいいことなんだ。

「――風谷」

と、鎌田がグラスを揺らしながら言った。「課長から聞いたか」

少し戸惑ってから、思い当った。

「吸収されそうだって話か？　K社に」

「うん。どうやらほぼ確実らしい」

「そうか」

「俺はその前に抜けるつもりなんだ。お前、どうする？」

「抜けるって？」

「課長から聞いてないのか。――S社から誘われてるんだ。給料も今の三割増しにはなる。いや、交渉次第で五割増だって可能だ。いい話だと思うぜ」

なるほど。課長が「秘密」と言っていたのは、このことか。S社は業界の新顔で、かなり強引なやり方でのして来ている。

「課長は乗り気だ。俺とお前も含めて三人。S社にとっちゃ大した戦力だ。――どうだい？　何ならS社の奴をここへ呼ぼうか」

鎌田の狙いが、風谷にも読めた。

鎌田はS社から誘われて、さらに引き抜きを頼まれているのだ。それを、悪い方ばかりに取るわけにはいかないとしても——。

「しかしな」

と、風谷は言った。「俺と課長が抜けたら、うちはどうなる？　もともと、大手とは言えないんだ」

「だからこそ、さ。K社に吸収されりゃ、また新人扱いだぜ。それよりS社で腕を振った方がいいじゃないか」

鎌田の言っていることは、分らないでもない。しかし、素直には肯けないのである。説明はできなかったが、何かが風谷を引き止めようとしていた。肯いてはいけない、と風谷に言い聞かせる「何か」があった。

「俺は気が進まないな」

と、風谷は言った。「お前は好きなようにしろよ」

鎌田は意外そうに、

「何だ、義理立てか？　古いな、お前も。今時、はやらないぜ、そんなこと」

と、笑った。

そう。——はやらないかもしれない。しかし、俺はこういう生き方しかできない男なのだ。

「なああ、もう一度考えてみろよ」

鎌田は、風谷の肩に手をかけた。風谷は立ち上りながら、その手を払って、

「せっかくの話だが、俺は乗らない。しかし、誰にも言わないよ。自分の生き方は自分で決める」

と、言ってやった。

支払いをして、バーを出る。――少し、かっこ良すぎたかな、と苦笑いした。

しかし、俺は仕事を大切にしたい。どっちが得か、だけでものごとを決めるような人間でありたくないのだ。

たとえ他人から「時代遅れ」と笑われてもだ。

風谷はタクシーを停めた。――自宅まで、一時間ぐらいかかるだろう。

そうだ。俺の仕事は、英秀治郎の世話をすることだった。たとえどんな事情があるにせよ、それを途中で放り出すべきではなかったのだ。

間に合うだろうか？　――風谷は腕時計を見た。

ハイヤーが、道に停っているのが見えて、風谷はタクシーの運転手に、

「そこで停めてくれ」

と、声をかけた。

少し手前で降りると、夜風の中を歩いて行く。――酔いが完全に覚めているかどうか自信がなかったのだ。

少しでも酒の匂いを散らしたかった。

そして――風谷は足を止めた。

小さな公園がある。話し声が聞こえたのだ。その公園の中から。

もしかすると、今のは……。

「――時代は流れてるね」

と、よく通る声がした。

英だ。植込みからそっと覗くと、英と早百合が公園のベンチに並んで腰をおろしていた。

「そうですね」

早百合が言った。「先生も、私も――」

「『先生』はやめてくれないか」

と、英は言った。「二人きりの時には、せめて」

「ええ」

「由紀君――だったね。あの子を見た時は、一瞬、心臓が停るかと――いや、このまま停ってもいい、と思ったよ」

「そんな――」

「いや、その時は、だ」

英は、笑って、「あのころの君が、まるでそこで息づいている。そんな気がした。しかし……そうじゃなかった」

「あの子、ずいぶん失礼なことを――」

と、早百合が苦笑している。

「いや、とんでもない。君は君、娘さんは娘さんで、独立した人格なんだ。私の方が勝手に重ねて見るなど、それこそ失礼なことだったよ」

英は首を振った。「――一番気になるのは、君のご主人のことだ。あんなにいい人を苦しませたんじゃないかと思うとね」

「あの人は私を信じてくれてます。どんな時でも、必ず」

早百合の言葉に、風谷はドキッとした。

「すばらしいご主人だ。――帰国して良かったよ。小説の主人公の*その*後を心配するのは、主義に反するが、君だけは別だ」

早百合は、少し黙っていて、それから言った。

「正直に言って、あなたがイギリスへ行かれ、あの小説が話題になって、マスコミに追われたころには、あなたを恨んだこともあります。結局、あなたは私を利用して有名になっただけで、私が傷つくことなど、考えもしなかったんだ、と思って……。でも、そうじゃありませんでした。人はモデルのことなど忘れて行きます。私自身さえ、自分の青春を忘れて行きます。でも、あの本を開くと、そこにはいつでも、自分の青春がある。――すばらしいことですわ」

「そう思ってくれるかね」

「はい。娘にも孫にも、そう言ってやりたいと思います。――夫にはこれまで黙っていましたけれど、私から話すべきでした」

「もう一度、君から話してあげてくれ」

英は、立ち上ると、「さて、もうホテルへ戻るよ」

「主人が――」

「明日、どうせ会える。じゃ、ここで」

「お気を付けて」

早百合が立って、見送る。ハイヤーの方へと歩いて行く英に、頭を下げて……。

——風谷は、二人を疑った自分を、恥じていた。二人でホテルへ、だって？　今のような会話が、そんな人間にできるものか。

ハイヤーが動き出し、夜の道に消えて行くのを、早百合はじっと立って見送っていたが……。

やがて、フッと力が抜けたように肩を落とし、すすり泣きを始めた。

風谷は、二、三歩進んで、足を止めた。

「——あなた」

「今、帰ったんだ」

と、風谷は言った。「——どうだった？」

早百合は、夫に身を投げかけるようにしてもたれかかると、二、三度大きく息をついたが、すぐに立ち直った。

「とても——楽しかったわ」

と、涙を拭って言った。

「そうか。そりゃ良かった」

風谷は、妻の肩を抱いた。「さ、戻ろう」

「あなた」

「それで、あとせいぜい半年だと……。病気で、とおっしゃったわ」

「あの方——もう先が長くないのよ」

「何だって?」

「私にだけ、内緒だとおっしゃって……。それで、一旦帰国されたのよ」

風谷は衝撃で、息苦しいほどだった。

「どうにも……ならないのか」

「もう、手遅れですって。あなたには言わないでくれ、とおっしゃったわ」

「分った。——聞かなかったことにするよ」

風谷は歩きながら、「明日、一緒に見送りに行くか?」

と、訊いた。

「いいえ」

「いいのか?」

「由紀はテストで帰りが早いのよ。お腹を空かして帰って来るわ」

早百合はそう言って、微笑んだ。「あなたもね」

「では、先生、お気を付けて」

風谷は手にしていた荷物を、英に渡した。

「世話になったね」

「とんでもない」

風谷は首を振った。「お世話になったのは、私の方です」

英が手を差し出すと、風谷は静かにそれを握った。

出発ゲートから、英の姿が見えなくなると、風谷は息をついて、戻りかけた。

「——何だ、何してる？」

鎌田が立っていたのだ。

「いや、見物にな」

と、鎌田は肩をすくめた。「あの大先生、お前の奥さんと鎌倉見物してたんだぜ。カメラマンにとられてる」

「それがどうかしたか？」

「いや。——平気なのかと思ってさ」

風谷にはピンと来た。

「俺が英秀治郎に一発お見舞いするとでも思ったのか？　それでクビになってS社へ

移るとでも?」

「あたらずといえども遠からずだ」

「そうか。じゃ、期待を裏切っちゃ悪いな」

風谷は拳を固めると、鎌田の顎に軽くお見舞いした。鎌田はドスン、と尻もちをついて、痛いよりもびっくりした様子で、目を白黒させている。

「先に戻るよ」

と、風谷は鎌田に言った。「往復の交通費、自分でちゃんと払えよ」

風谷は今日も何十となく出発して行くツアー客の間を縫って、歩き出した。

明日からはハワイのツアーについて行かなくてはならない。今日は早く帰って寝よう、と風谷は思った。

仕事には、小説のように、〈終り〉は来ないのだ。

解説

吉田大助

小説を読むこと、文章から浮かんだイメージを脳内スクリーンに映し出すことは、他の動物たちには味わえない人間ならではの娯楽だ。実のところ、物語は付加価値に過ぎないのかもしれない。スマホも持っておらず手持ち無沙汰な時に、そのあたりにある商品のパッケージの文字をつい読んでしまった、という経験は誰しもあるのではないだろうか？　文章を読むこと、読めること、それ自体に人間は快楽を感じる。

赤川次郎氏は膨大な著作を通して、小説としての面白さはもちろんのこと、文章を読み進めることそれ自体の快楽を読者に追求してきた。赤川氏の作品は常に、スラスラ読める。それゆえに一冊二冊三冊……と、次から次へぐいぐい読み継いでいくことができるのだ。読了した本が増えていく感覚が、自分を読書好きにした、という人は少なくないのではないかと思う。赤川氏の作品が日本人の読書習慣に与えた影響には、計り知れないものがある。

一九九一年に単行本が刊行され一九九四年に最初の文庫化、このたび再文庫化されることとなった赤川氏の『いつもと違う日』は、ミステリー小説誌に発表された短篇五作が収録されている。読んでいる間中ハラハラして面白く、いずれの作品もサプライズが決まっている。なおかつ、読後感は深い。

第一篇「オアシス」は、新興住宅地でスナックを営む布川栄江がいつも通りに店を終え、自宅への帰路につく場面から幕を開ける。栄江に寄り添っていた小説の視点が、四ページ目のラストでふっと俯瞰へと変わる瞬間にゾッとくる。なぜなら栄江は暴漢に襲われ、命の日が消えると共に夜の闇に紛れてしまったからだ。第二節以降は視点人物を次々にバトンタッチしながら、殺人事件をきっかけに千変万化する街の人々の様相を追いかけていく。「正しさ」の過剰な思い込みというテーマは、一向に古びていないと言える。

第二篇「本日は休校日」は、赤川氏の十八番であるユーモアミステリーだ。高校二年生の河口彩子は、休校日の午後の学校へと忍び込む。教師陣の手によるロッカー検査（持ち物検査）の前に、親友が若気の至りで綴ったラブレターをレスキューするためだ。ところが校内で殺人事件に遭遇してしまう。犯人は男性教師三人のうちの誰からしい……。ユーモアミステリーといえば女性主人公が定番（その定番を作ったのは赤川氏）だが、マッチョな男社会に斬り込み笑いを引き起こすならばやっぱり女性、それも少女の方がいい。河口彩子も教師たちの間でよく動き、よく引っ掻き回し、意外なオチを導き出してくれた。

第三篇「忘れものの季節」は、厳しい校則で知られる名門小学校に娘・夕香を通わせている、母・江里子の視点からスタート。これまで娘は忘れ物をしたことがなかった……いや、させたことがなかったにもかかわらず、この日初めて忘れ物をしてしまった。この状況を引っ繰り返すにはどうすればいいか？　江里子の右往左往が、周囲の人々の運命を変えていく。物語の終盤、校則や周囲の期待から解放された娘・夕香が抱いた初めての感情の連打は、収録作の中で最も幸福感がある。だからこそ、結末は収録作の中で最もビターなものとなったのかもしれない。

第四篇「支払われた少女」は、どこか江戸川乱歩の匂いがする幻想的な小説だ。二九歳の会社員・安原謙一は、奇縁で知り合った年老いた男に賭けをふっかけられて大勝し、男の持ち物を半ば無理やりもらうことになった。「それはすべてあんたのもんだ」。そのうちの一つが、少女の写真だった。男の孫娘だという。すると、男の死の一報に前後して、写真に写る一八歳の少女が謙一の家を訪ねてきて……。展開の意外性、という点では本作がピカイチだ。しかし、その意外性が違和感とともにではなく、納得感とともに立ち現れる。チャーミングなラブストーリーだ。

第五篇「私だけの巨匠」のタイトルロールは、次期ノーベル文学賞候補とされる日本人作家・英秀治郎。イギリス在住の英が二〇年ぶりに帰国したため、旅行会社でコンダクターとして働く風谷充夫が滞在中のアテンドをすることになる。英は大物ではあるものの横柄さはなく、さして仕事をしていない風谷を高く評価する。それは何故か、という部分にミステリーとラブストーリーの要素が関わってくる。赤川氏がこの設定で書くならばもう一回、あるいは二回ぐらい引っ繰り返しがあってもおかしくないかもしれない。しかし、良きところで留めているのは、ここでしかお目にかかれない登場人物たちの特別な関係性を、読者にじっくり見つめさせるためだろう。「仕事の真髄とは何か？」を問う、お仕事小説としても楽しめる。

全五篇はいずれも、自分は小説を読むのが得意だったんだ……と錯覚してしまうくらいスラスラ読める。その自己評価は半分も当たっていない。スラスラ読める裏には、そう読ませてくれた作家の超絶技巧がある。

後輩作家である吉田修一氏は、〈私が知る限りにおいて、赤川氏は一貫してスラスラと読める作品を書いてこられた〉と記したうえで、こう指摘した。〈スラスラと読める文章というものは、決してスラスラと書けるものではないはずだ。

速く走るためには、それ相応の練習が必要である。短距離走者が、たかが一秒速く走るために、どれほどの練習を重ねるか、ちょっと想像するだけでため息がでる。故に私は、赤川次郎氏の作品を、というか、赤川氏本人を、以前から深く敬愛している〉（『〈縁切り荘〉の花嫁』（角川文庫）解説より）

先輩作家の五木寛之氏は、二〇一六年に赤川氏が『東京零年』で第五〇回吉川英治文学賞を受賞した際の、選考委員だ。選評において、赤川氏の小説には描写が少なく、読み手に対して情報の負荷が少ない点に注目している。

〈十九世紀以来、私たち書き手は、細密な情景描写と心理描写を重ねることで読者を制圧しようとしてきた。（中略）しかし、赤川さんは平然と「若い女」と書く。「若い男」とも書く。「スーツ姿の中年女性」と書く。そこで読者がいやおうなしに要請されるのは、自分の想像力を駆使して描写の空白を埋めることである〉

個人的に今回の収録作を精読して改めて感じたのは、赤川氏の文章の短さとシャープさだ。一文の終わりで潔く改行することで、視線の上下運動の量が減り、視線の横移動が意識されることになる。ひとたび読み始めれば文章がどんどん先（横）へと進む、その感覚がページをめくる手を止めさせないのだ。

スラスラ読めるということは、言い方を変えれば、のめり込んで読んでいるということだ。物語世界の中に入り込んで登場人物たちの人生を仮想的に体験する、その体験の密度が濃ゆいということでもある。小説を読むことで日々のストレスを晴らす、というのは実はなかなか難しい。晴らすためには、ストレスの元を断つ必要があるからだ。しかし、日々の鬱々とした気分を、読んでいる間だけでも晴らすことはできる。物語が面白いか楽しいか切ないか……という質感は、あまり関係がない。物語にのめり込むこと、自分以外の人生に触れること、それ自体にそうした効用があるのだ。

現実に疲弊し楽しく読めるものを求めていたり、逆にシリアスなものを求めていたりと、読み手がどんな心情的コンディションであっても、赤川次郎氏の小説はスラスラ読める。鬱々とした気分を晴らし、ままならない人生にとっての息抜きとなる。本書を読んで、改めてその凄みに唸った。二冊三冊……と、また読み継いでいきたくなった。

二〇二二年十一月

本書は1994年4月光文社文庫より刊行されました。
なお、本作品はフィクションであり実在の個人・団体などとは一切関係がありません。

徳間文庫

いつもと違う日

2022年12月15日 初刷

著者 赤川次郎
発行者 小宮英行
発行所 株式会社徳間書店
東京都品川区上大崎三―一―一 〒141―8202
目黒セントラルスクエア
電話 編集〇三(五四〇三)四三四九
販売〇四九(二九三)五五二一
振替 〇〇一四〇―〇―四四三九二
印刷 大日本印刷株式会社
製本 大日本印刷株式会社

ISBN978-4-19-894808-5 (乱丁、落丁本はお取りかえいたします)